Sanners Gow's
Tales and Folklore of the Buchan

Pat Hutchison

First edition published by

The Deveron Press

An imprint of

Ayton Publishing Limited

Hillhead of Ardmiddle

Turriff, AB53 8AL

www.thedeveronpress.scot

ISBN 978-1-910601-41-9

For my son Johnny Hutchison

11-10-1980 - 24-12-2008

"We'll meet eence mair big lad

Far the morn haaps yestreen

An danner throwe the Glens o Syne

Till Time himsel's caad deen."

CONTENTS

The Steens That Turned.

Aul Mary MacDonald sat at the chik o the fire an gid the coals a rummle up wi the poker in the hope that she micht get the last heat oot o the grate. She shivered wi the caal an pulled her shawl a bittie closer. The Laird's factor hid cam that mornin an teen her coal an athing else o value tae pey the back rent o the hoose. He wis richt weel suited tae work for the Laird for he wis jist like him: Godless an athoot mercy.

Mary lookit aroon the room in the deein licht- even the deepening shaddas showed it wis empty. Athing teen bar the chair she sat on, the clyse on her back and her wee three fittit Callander porridge pot that hung fae the swye abeen the fire. They micht as weel hae teen it ana because ower the past fyowe days she'd nivver hin a haanfae o meal tae pit in it. Jock her aul man wis beeriet a week syne. He'd broke his back in een o the Laird's mills fin the laidder he wis on, cairryin a bolt o canvas, hid geen fae ablow him. His body hid been teen hame on a cairt an left for Mary tae deal wi. Wi nae a penny aboot her, the parish hid beeriet him in a pauper's grave.

The parish hid a special coffin for paupers. The body wis transported tae the corner o the kirkyard an lowered intae the hole. Aifter ony folk that hid been there tae pey the corp last respects hid left, the gravedigger rived a pin fae the

7

coffin , the bottom opened an the corp fell oot. Syne the box wis teen awa tae wyte for the next pauper. Nae marker wis allowed.

Wi Jock workin in the mill, the hoose wis tied so Mary hid tae be oot o the hoose by the wik-eyn or twa days hence. The worst thing aboot the factor takkin aa her goods & chattels wis that he hidna even left her wi the comfort o her great granda's bible-a big leather beuk that the factor said wid mak a fyowe shillins. She'd begged him tae leave her wi' it but na na he wis takkin it- richt reason or neen. Mary hid made a grab for it an he gave her a backhaan slap in the face an tore it fae her hands. A letter hid fell fae it in the struggle an that's fit she hid in her hand as she sat at her noo oot fire shiverin wi the caal.

The letter wis worn wi age an bein hannilt. Thirty five years hid passed since she'd been sent it fae her son's commandin officer in India tellin her that Daavid her son hid been killed on the North West frontier in November 1845. Her only bairn hid died at the age o twenty one far far awa fae hame. He'd been aichteen the last time she'd seen 'im at the jile in Banff; that hid been the day he'd been teen awa tae the army. Mary sobbed at the memory but nae tears came tae her een, the tears were dried up lang syne. She shivered again but this time nae wi the caal but wi the memory as tae how her bairn hid ended up bein pitten tae the army in the first place.

8

It hid been her fault for sendin him tae the big hoose wi the curtains she'd sortit for the Laird's wife. Mary, comin fae the Hielands as she did, hid been weel taught by her aunties how tae shew. She'd aye managed tae mak an extra sair -nott shillin that wye afore her hands hid gotten twisted wi age. That forenicht she sent her laddie up tae the big hoose, little thinkin she wis sendin him tae his destiny.

Daavid hid left wi the curtains hoping it wid be the bonny servant deemie that wid answer the back door o the big hoose but wis tae be disappointed fin it wis the aul hoosekeeper that answered it. On the wye back hame he'd teen a shortcut throwe the widdies and it wis there he'd heard the skirls. Hurrying towards the sound, in a clearin he'd come across the Laird's son an anither laddie forcing themsels on a lassie as she lay on the grun screamin for them tae stop.

Daavid didna wyte but plooed intae the twa lads like a carronade at Waterloo. At first they'd been shocked an back fittit, but soon they'd turned the tables on Daavid for baith o them were weel trained at fisticuffs. Daavid kent there'd be nae wye he could beat this lads fairly so he'd picked up a lump o stick like a crummoch an gave baith o them a good beetlin.

He'd cairriet the lassie hame tae his mither in an affa state an she waasht the lassie an tendit tae her wounds as best she could. Daavid wis mair than upset because this wis the bonny servant lassie he'd hoped tae see fin he delivered the curtains tae the big hoose. That nicht the dragoons hid come tae the hoose an teen Daavid an the lassie awa: her tae an asylum an David tae seven years service in the East India Company.

The servant lassie hid died in the asylum nae lang aifter and naebody hid known if she'd died by fair means or foul. Daavid, wi nae proof o fit really happened, hid been sentenced tae twenty years hard labour or seven years service in the ranks o The Honourable East India Company. He'd chosen the army an ended up dyin on the North West frontier.

Mary sabbed as she lookit doon at the time worn letter, the only link she noo hid wi her lang lost son. At least the paper and the ink hid cam fae the place her bairn hid breathed his last. Mary shivered in the noo freezin room, the last o the fire wis gone.

As the shaddas deepened Mary thocht tae hersel she'd licht the last inch o cannel so she could read the letter an awyte fitiver the future noo hid in store for her. She teen oot the flint 'n' fleerish fae her aapron pooch tae licht the cannel but changed her mind. Instead she stood up slowly, stiff wi the caal an wuppit her threedbare shawl tichter aboot her shooders an made for the door.

In the dark shaddas o Glen Tanner Street she made her wye oot o the toon thinkin tae hersel aa the while as she passed the dimly lit windaes o the folk sittin within, maybe laachin as they sat doon tae dine on their simple fare. As she passed ae windae she did hear somebody laachin an the fine smell o mutton broth wafted fae the same place as the laachter. Mary made her wye past aa the hooses an headed up the Montcoffer road towards the ruined waasteens o the ancient kirk. She'd find the first o fit she wis seekin there.

By the scam o the full meen she saw the sparse winter branches o the aul aspen tree that grew aside the kirkyard. The aspen is a pagan tree an nivver allowed tae growe in a Christian kirkyard. She kneeled afore the pagan tree and asked permission o't tae tak some fallen branches fae it. Then she crawled roon the tree three times widdershins (anti-clockwise) each time sayin oot loud three names. Aifter she'd peyed her devotions tae the pagan aspen tree she picked up an oxterfae o branches. Thankin the tree Mary turned three times widdershins.

Mary's aunties werena only gweed wi the needle 'n' threed. They'd been weel versed in the Black Airts and hid shown Mary some maledictions as well. Mary, a deeply religious person, hid nivver in her life imagined hersel using that knowledge o the Black Airts, until this very day fin the factor hid teen fae her the Holy Bible that hid meant sae muckle tae her.

Neist, Mary made her wye back the road she'd cam an gid tae the wee brig faar baith the living an the deed crossed.

11

She struggled throwe fun bushes that tore at her legs; in the hinner-eyn near drappin, she reached the burn. She entered the freezin watter wi a gasp as it came up tae her hochs and walked ablow the arch o the wee brig. There wisna ony meenlicht here but she'd nae need o't.

Takkin her shawl fae her shooders she bent doon an guddled aboot in the watter till she got ten watterworn steens each aboot the size o an aipple. Pittin them intae her shawl she gid back up the bank near in a state o collapse. Her clyse were soakin aweet wi the freezin watter but o that she peyed nae heed. On the side o the brig she handled each o the ten steens in turn an threw yin back tae the watter. Placing the nine chosen steens back intae her shawl she tied them up intae the mak-dee bag. Pickin up the aspen branches on her wye she made the road hame.

It wis much later noo an hardly a licht showed as she passed the hooses. By the time Mary reached her ain door the bitter caal an the days athoot mait were beginnin tae tell on her. Exhausted she drappit the steens an the aspen branches tae the grun an thankfully sat on the seat she'd left oors afore.

Mary didna ken foo lang she sat there but wi a start she got tae her feet an staggered tae the shawl and teen oot the nine steens. She laid the steens in front o the fire and there turned each steen tae the widdershins nine times at each turn repeatin three names. Neist she teen the aspen branches an laid them oot ontae the caal fire grate then placed the nine stones on tap. Takkin the flint 'n' fleerish fae her aapron pooch she tried, wi freezin haans, tae gar it spark. It teen a gey fyowe cracks at it afore the oo started tae smoulder an blawin it tae flame, she put it aneth the aspen and in nae time the green tinged flames were lickin roon the steens.

As the aspen burned she said the names o the Laird, the Laird's son and the factor an cursed them forivver-and-a-day. She keepit this up as she knelt afront the fire until the green flames gid oot.

Aifter a while Mary teen the steens oot fae the fire an put them intae her shawl. Ower the next couple o oors Mary walked aboot the parish an ivvery noo an then she'd cast awa een o the steens intae a place it wid nivver be found. At each cast she cursed the three names and said "This curse will nivver be lifted until the nine steens are githered aince mair in ae place!"

Exhausted an freezin Mary made it hame tae her chair. She thocht tae hersel she micht pray for forgiveness for fit she'd jist deen but thinkin hersel beyond redemption she jist sat an shivered wi the letter in her haan.

How lang she'd been sittin there, fin she felt a hand touch her on the richt shooder, she didna ken. She slowly looked up and saw Daavid standin there smiling at her the wye he used tae. Mary stood up wi a gasp an teen her lang lost laddie in her bosie an sabbit oot his name ower an ower again while the saat tears ran doon her aul life-worn chiks. Fin he spoke he sounded exactly the same "Mither I've come tae tak ye tae a far better place, nae mair pain Mam. Life his been far too cruel tae ye!"

The room seemed fulled wi murmuring shaddas an here an there she got the glimpse o fit she thocht wis faces. Fin she looked at Daavid again the bonny wee servant lassie wis at his side an Mary teen her intae her bosie ana.

Sittin doon in her exhaustion Mary sat an sabbit fit tae brak yer hairt. Daavid hunkered doon in front o his mither huddin her hand. Mary stroked his face an said "I canna come wi ye ma laddie for I've sinned against God by the turnin o the steens."

Daavid smiled an cuddled his Mam sayin "Faa div ye think sent me tae ye? Yer forgiven for ye hinna sinned ava. Fit is gan tae happen tae that three men is comin their wye an they'll nae be dodgin it."

Daavid leaned ower an picked up something fae the fleer an handed it tae her. "Here mither it's yer beloved bible."

A couple o days later Doctor Webster stood in Mary's room shakkin his heed. He'd already written the cause o death as a mixture o starvation and very low temperatures. Mary sat on her chair wi a bonny smile on her face and a letter in her hand. The doctor teen the letter and read it:

14

unusually for him, bein a doctor and used tae seein sichts like this he felt the hot tears rin doon his ain chiks. At hame he'd a very similar letter tae this yin tellin him o the death o his only child at Bermuda. He'd contracted the fever fae the sodjers he wis treating and hid died.

Doctor Webster, dichtin his een turned tae see the factor and the undertakers wytin wi the pauper's coffin. Doctor Webster nearly exploded wi anger an roared "Tak you that abomination fae oot this hoose an bring tae me the very best coffin ye can lay yer haans on. This isna a pauper's funeral! This is tae be the funeral o a devoted mither that died o a broken heart!"

He lookit doon an murmured "Thirty five years o unimaginable pain quine!"

Turnin in anger he said "See tae it she's laid tae rest wi aa honours and the best stone money can buy as her marker!"

He teen one last look at the wee aul wifie shrunken in death but wi a bonny smile on her face an muttered "Though I think she's awa tae a much better place."

The Meal Girnal.

Morag Stronach sat at the chik o the door on a wee three leggit milkin stool. She loved tae sit here watchin the sun ging doon ower the Carn na Bruar hill. Fae here she could see the aul reiver's road as it wound its wye doon tae Glenbuchat. Ae thing aboot bidin here- ye could see somebody comin for miles alang the ancient track. But Morag wisna quite hersel this forenicht though . She'd fed her three bairns wi brose an a bittie o kale for supper and they were sleepin at last. Her man Donald hid left mair than a week afore an teen ivvery penny o rent wi him.

Donald hid teen tae the drink while workin in Aiberdeen the year afore. The man she knew wis lang awa fae her cos he'd changed wi' workin in Aiberdeen and came back hard-ee'd and a hard drinker. Nae wye could he get the fun and company here that he got in the city and nae doot a dirty woman or twa tae boot. Noo her and the bairns were left in dire straits and even her wee meal girnal wis near teem.

Morag smiled an muttered "Meal girnal!" It wis an aul leather hat box but it kept the meal fae gyan soor because the leather breathed. A couple mair days and she'd hae tae ging tae the minister tae beg help fae the Pairish.

"Excuse me!" said a voice near her. Morag lookit up an

near fell aff the stool. The aul woman standin there said "I'm sorry lassie for fleggin ye!"

Morag saw she wis a gey aul woman wi lang grey hair an croochty aboot the shooders an dressed in a goon o blue hamespun cloot. Morag got up fae the stool an said "I'm sorry I nivver saw ye come inaboot!" and smiled at the peer aul woman.

The woman smiled back wi sic a bonny smile that for a wee meenitie she could see that she must've been a rare beauty in her younger day. The aul woman held oot a brose caup (a wooden bowl) an speired at Morag if she could spare a wee pucklie meal for her aul man faa wis nae weel back at the hoose.

Peer Morag- she didna ken fit tae say. She'd hardly eneuch for her and the bairns yet this peer aul woman lookit tae be in sic despair. Deein a quick coont in her heid she decided that if she hersel didna ait ower the next couple o days there'd be eneuch tae gee the aul woman a haanfae or twa.

She did this and handed the brose caup back tae her sayin she wis sorry but that's aa she could spare. The aul woman wis so happy an bosied Morag sayin "I'll be back wi mair meal this time the morn, the Millert is grindin oor grain as we spik."

Wi that she left hirplin doon the track. Morag offered tae walk her hame a bit o the road but she widnae hear o't

17

sayin "Tak you care o yer three bairnies lassie I'll easy manage the road masel!"

Morag sat doon on her wee stool again and watched the aul woman walk doon intae the shaddas o the settin sun.

The next nicht true tae her word the aul woman returned wi the brose caup full o fine fresh meal. Morag tellt her that there wis twice as much meal in it as she'd gave her the nicht afore. The aul woman jist smiled her bonny smile and tellt Morag tae pit the meal intae her girnal an press it in as hard as she could and tae close the lid till the mornin licht came ower Cairnballan. Morag did this and the next mornin fin she opened her girnal it wis full tae the brim wi the freshest meal she'd ivver seen.

Better wis tae come for as well as ivvery mornin haein a girnal fulled wi meal there wis a silver shillin in wi the meal. For the rest o her days, Morag nor her bairnies ivver wintit for a full belly or a shillin in their pooches.

The Queen o the Faireys hid rewarded Morag weel for her kindness and generosity. So nivver turn an aul body awa fae yer door because it could be a Queen in disguise testing ye tae see if yer worth givin sic a gift as she gave tae Morag Stronach.

If I Catch Ye I'll Eat Ye.

Afore nicht the fisher quines wid mak their wye tae the scaups tae get mussels for the next day's line fishin. A puckle o them were bent on this and made their wye doon the wee track fae higher up. As they reached the wee Wall Hoosie aa o a sudden they heard a ghostly voice comin fae inside it "If I catch ye I'll eat ye! If I catch ye I'll eat ye!"

Noo the quines teen fleg at this an set up an affa skirlin as they ran back up the cliff road back towards the toon: the creels for their bait thrown tae the wins. In an affa sotter o swyte an fear they ran towards Wully Wazzie's hoose.

Wully wis employed by the pairish as a kind o constable faa keepit the peace. Jist as they reached his door Wully wis makkin tae leave for his nichtly visit tae the Ale Hoose faar he spent the shillin a day he got peyed for bein the constable. He got the quines tae calm doon eneuch tae tell him fit wis wrang. On hearin their story he squarred his shooders like he thocht constables did and teen control o the situation.

Noo Wully hid stood in the line at Waterloo wi the Gordons and mair by luck than onything else hid survived the butcher's shop o slaachter. He thocht tae himsel he'd better ging an pit on his uniform if he wis gyan tae face the

19

Deevil again. He'd deen it eence at Waterloo so he could surely dee it again at Tarlair. But the quines set up sic a noise fin he made tae get his uniform so instead he put on the hat and pickit up his musket & shot. He nearly forgot the gunpooder horn in aa the hash but he mined aboot it. Sic a feel he'd hae looked if he'd made his wye tae Tarlair athoot pooder.

Slingin his musket Wully Wazzie set fit like a sodjer towards Tarlair. He tellt the quines tae gang hame because this wisna work for weemin fowk. The quines peyed nae heed tae Wully and fell in line ahin him and tried tae mairch like sodjers. Truth be tellt Wully wis glaid o the company so he didna say onything.

At last they reached the Wall Hoosie and crouched doon ahin the wee drysteen dyke and wytit. Sure eneuch the ghostly voice sounded eence mair "If I catch ye I'll eat ye! If I catch ye I'll eat ye!"

Wully felt his knees turn tae watter at this and the quines cooried doon ahin his back whimperin wi the fear. The lassies started puttin him on the back "Go on then -deet!"

Wully turned roon "Dee fit?"

The quines said in ae voice "Shoot it !!"

Wully swallied his spittle at this and cannily got tae his feet. He unslung his musket and fummilt aboot for his pooderhorn. He could see the door o the Wall Hoosie but couldna see inside, it wis jist black. The eerie voice sounded again and he shook gunpooder aawye. Settlin doon a bittie he eventually got some charge doon the barrel and teen the ramrod and tamped it doon. As he made tae pit in the ball een o the quines said "Fit are ye deein Wully?"

"I'm pittin in the bullet quine!"

At this the lassie said "That's nae eese Wully. Ye winna kill a ghost wi a bullet.Ye'll need leven siller min!"

Wully pulled a face "EH? Fit's leven siller?"

The quine shook her heed at this "Leven siller is siller that's been beaten!"

That jist didna mak sense tae him ava. The lassie pit oot her hand "Gimmet?"

"Gie ye fit lassie?"

"Yer pey that ye were on yer wye tae spend at the Ale Hoose!"

Reluctantly Wully handed ower the fower silver thrupennies that made up that day's wages. The quine teen them and pickit up a steen fae the dyke and bashed the coins intae the shape o a musket baa. Fin she finished the ghostly voice sounded eence mair "If I catch ye I'll eat ye!"

Wully grabbit the leven siller shot and rammed it hame, shook pooder intae the pan and closed the cover and pulled back the airm o the flint lock and set it at half cock.

Squarrin his shooders Wull faced the enemy jist as he did aa the years afore at Waterloo. He wytit a meenitie or twa till his breathing became slower and raised the musket tae his shooder and set the flint airm tae full cock. Jist as he pulled the trigger the lassie aside him trippit in the excitement. She hut the musket barrel in the air jist as the flint sparked in the pan, there wis a big flash and the musket discharged and fired Wully's day's pey ower intae Loch Craig.

Wully skirled like a wee lassie as the gunpooder flame blew back intae his face, the musket gid ae wye and Wully the ither. Wi haans ower his face Wully rolled aboot the grun shoutin "Ma bliddy een hiv been blawed clean oot o ma heed!!"

The lassies tried tae get his haans awa fae his face but he widna let them dee that and jist shouted "They're my een let ma be!"

Aifter mair priggin he let them see his een and tae aabody's relief it wis only the eebroos and eelashes that were gone. Een o the lassies patted him on the shooder "Dinna worry aboot it Wully they'll seen growe back an ye'll be as gweed lookin as ivver!"

Even wi aa the noise the ghostly voice wis still sayin "If I catch ye I'll eat ye!"

The fisher quines took maitters intae their ain hands an gid intae the Wall Hoosie an found wee Sanners MacKeerin in one corner, a finger up his nose howkin for snotters sayin "If I catch ye I'll eat ye!"

Sanners got a richt skelpit erse fae his mither for aa the cairryon he'd started then he got anither skelpit erse for pickin his nose and tellt if he kept deein that he'd end up wi ae nostril the size o an egg cup.

The fisher quines got their bait an wun hame w't, chatterin aa the while aboot their adventure. Wully meanwhile hid geen back hame feelin gey dejected an hingin luggit. Nae only hid he lost his eebroos and lashes an mair than a wee bit o self esteem but the thocht that his ale siller wis at that very moment somewye in the middle o Loch Craig wis hard tae tak.

Aifter a while though a chap cam tae his door. The fisher quines were there wi a big haanfae o coins they'd collected atween themsels tae thank him for being so brave.

Angels Ten.

I wis drivin throwe Banff ae day and saa a sign sayin there wis a carboot at the Tesco car park. I drew inaboot an there wis an affa boorach o cars sellin aa the odds 'n' eyns fowk wanted rid o. I'd a raik aboot lookin at the books but they were maistly Mills & Boons or that kind o thing, nae interest tae me ava. I cam upon this boot an the auler wifie hid books mair tae my likin so I'd a gweed raik among them. I got a twa'r three that interested ma.

The wifie said "It looks like ye'll be a meenitie or twa. Wid you look aifter the stall for me?" She added "I'm needin tae pooder my nose!"

I wis gey surprised at this because she didna ken me fae Adam an tae leave me in charge o her stall wi some gey expensive lookin ornaments put me aff my styter. She must've seen ma predicament and said "I winna be lang and ye've got an honest face."

I tellt her I didna mind lookin aifter it for her but speired fit wid happen if onybody wanted tae buy something? She laached an replied "Michty min are ye blin? The prices are on aathing."

She pointed tae the ice cream tub "There's change in there!" An wi that she wis aff towards the shop. I got a fyowe mair books and saw some mair aneth the table so I'd a raik there ana. I opened ae box an inside wis a sheep's wool

24

jaicket o the kine ye see in aul war films.

"Michty this wid dee ma fine for vrochtin in the wids!" I tried it on and it fittit like a glove.

"It suits ye!" This wis the wifie back.

I tellt her the jaicket wid be good for the winter. I did a twirl like a gype an she teen a richt laach tae hersel. I speired at her foo muckle she'd nott for it?

"Och it's jist an aul thing and it wis good o ye lookin aifter my stall so wid a fiver be ower muckle?"

I handit ower the siller richt awa plus one fifty for aa the books.

As I left I noticed this aul mannie sittin in the front passenger seat o her car. He wis glowerin at ma wi an ill-naitert face. A wee bittie put oot at this an mair than puzzled as tae fit wye she got me tae look aifter her stall fin the aul man wis sittin there, I jist shrugged my shooders and headed back tae my Landie. I threw the jaicket an the books ontae the seat and left tae gyang hame tae Macduff.

I showed the jaicket tae my mither and she said it wis fae the war and she mined the pilots weerin them. There wis a tear on the richt side and it hid been sortit but my mither didna like the dark broon stain on the inside. She said it lookit like bleed that hid been washed aff at some point and it wis in line wi the repaired tear. She tried sair tae get the stain oot but nithing she could dee wid get rid o it. But onywye it wis aaricht, stain or no and I wore it in the wids and richt fine it wis.

Aboot the hinmaist week o October I wis takkin doon a puckle firs fae the side o the main road that were gettin in the wye o high sided larries. I'd feenished vrocht for the day and put my saw an chines in the back o the Landie. Fin I gid intae the cab, the Landrover started tae rock back an forrit as if bein buffeted by a strong wind.

"Strange!" I stepped oot o the cab an there wis hardly a braith o ween. Ower the next couple o wiks the same thing happened a fyowe mair times. I jist didna ken fit wis causin it but I jist caa'd awa an ignored it. Ae nicht though comin hame late things got a lot worse.

I wis comin doon the Slacks at Keilhill fin the buffetin started eence mair but this time I thocht somebody hid thrown a haanfae o chuckies at my motor because I heard the pitter patter o them as they hut the side o the Landie. I stoppit and reversed back tae far I thocht the steens hid been thrown fae but nae a sign o onybody could I see for it wis comin doon dark.

I wis fairly gettin puzzled aboot fit wis gyan on even tae the extent o checkin oot the suspension o my Landie.

For a fyle aifter that nithing happened an I thocht the grease I'd pitten in the suspension hid fixed the problem. Aye but it wisna tae laist because ae nicht as weel as the usual buffetin an chuckies hittin the side o my Landie I saw flashes like lichtnin.

26

The buffetin got as bad it wis like tae pit ma aff the road. The thumpin an bangin at the side o my Landie wis unreal an fin I got hame I checked oot the bodywork tae see if there wis ony damage. But apairt fae the normal bashes an dints ye'd expect fae a vehicle that spent maist o its life in the wids there wisna a mark.

Aboot a wik later I'd been takkin a puckle trees doon up the Cullen wye for the Hydro. Big bonny beech trees they were but as they were ower near the power lines they hid tae come doon. I vrocht late sneddin the branches an cuttin them intae cloggies (that wis een o ma perks I got aa the limbs tae masel). I planned tae tak the bogie up wi ma neist day an load up. My mither wid be fair kinichtit wi the beech cloggies for they burned like a cannel.

On the wye hame tae Macduff the bangin an flashin startit again at this side o Portsoy but even mair coorse than afore. I realised by noo that something far fae richt wis happenin. I didna ken if I should stop the Landie an rin awa or jist sink the tackit an hope it wid stop.

In the event the decision wis teen oot o ma hands fin a almichty bang an something came throwe the driver's door an punched ma fair in the richt side knockin ivvery inch o braith fae ma. There wis mair flashes and things hittin the Landie but I'd better things tae worry aboot as a tearin pain tore at my intimmers. Fin I put doon ma hand I could feel the bleed pumpin ower it.

"Some bastard his shot ma for Christ's sake!" By this time I could feel my heed begin tae sweem and my een got affa blurry but even throwe the haze I kent nae tae stop because faivver hid shot ma micht come an finish the job. I vaguely mind keepin tae the richt side o the road then the next thing I kent I'm in a hospital bed wi tubes stickin oot o ma aa ower the place.

A doctor came inaboot an speired foo I wis feelin but my reply made nae sense tae me so I dinna ken fit it sounded like tae him. He jist smiled and left.

Ower the next couple o days I managed tae get up and aboot but ma side wis affa sair. The police came tae tak a statement. They'd found my Landie crashed intae the gates o the Roads Department's yard at Boyndie and mysel tryin tae climm the high gates for some reason. So I tellt them fit hid happened and that some bugger hid shot ma.

I couldna explain why I'd been tryin tae climm the gate because I mined nithing aboot that. This startit a big search o the area but nithin wis found. The Landie hid mair holes in it than a sieve and they said I wis lucky tae be alive. The police that found me hid pushed dressings they cairriet in their first aid kit intae the hole in my side then rushed me tae Chalmers Hospital.

The doctor that saved my life cam tae see me. His faither wis a doctor at Banff but on the nicht I wis brocht in he wis fullin in for his faither. He'd jist cam hame fae a tour o

28

duty in Afghanistan and spottit immediately that I'd shrapnel wounds and hid operated tae stop the bleedin. Athoot that I'd be in a box. Of coorse I thankit him for my life and we got tae newsin aboot fit hid happened. I tellt him aa the things I couldna tell the police (aboot the strange flashes and bangs ower the past couple months). I thocht he'd laach at ma but he didna. Instead he handit me a copy o that week's Banffie sayin "Read this!"

The Banffie hid run the story aboot the mystery surrounding the shooting on the road atween Portsoy an Banff and aboot me,how ill I wis blah blah but it wis the eyn o the article that made the hairs on the back o my neck staan up. The Landrover had been found crashed into the gateway of the Roads Department's yard at Boyndie which had once been the hospital for the old wartime aerodrome nearby. A lot o pennies startit tae faa intae place at this revelation but I kept it tae masel. Eventually I made a full recovery fae my wounds.

The neist year I wint back tae the carboot that wis held the same time each year tae see if I could find the wifie that hid sellt ma the jaicket. By good luck she wis there wi her stall and I wint inaboot an got newsin tae her. I speired her aboot the jaicket so she tellt ma it wis her faither's. He'd flown Mosquitoes fae Boyndie during the war deein sweeps across the North sea tae attack German convoys aff the coast o occupied Norway.

She tellt ma on one attack they'd came under heavy fire fae a German flack ship and hid been badly damaged. His navigator hid been killed and her faither badly wounded but somehow he'd managed tae get back and hid made a crash landing at Boyndie.

Ma hairt by this time wis gyan like a trip haimmer. I could hardly spik but I managed tae compose masel lang eneuch tae speir "Far aboot wis yer faither woundit?"

She pointed tae her richt side and said a lump o shrapnel fae the flack hid made a hole the size o her fist intae his side.

So I tellt her aathing aboot fit hid happened tae me even tae showin her the fist sized scar in my side. But fin I tellt her aboot the aul mannie sittin in her passenger seat glowerin at ma fin I left wi the jaicket she got gey upset. She teen a photo fae her handbag an showed it tae ma sayin this wis teen a couple years afore he died.

"Aye that's the man richt eneuch! He seemed affa angry an glowered at ma!"

The woman hid tae sit doon on the tailgate o her car an I thocht she'd pass oot aathegither. She then tellt ma that her faither hid ayewis said that fin he died he wintit his Irvine fleein jaicket draped ower his coffin. In the event she'd forgotten aa aboot his wish and by the time she remembered it wis ower late. She'd kept his jaicket for years but hid thocht that somebody could get the gweed o it so last year hid decided tae sell it at the carboot.

Onywye atween us we decided tae gie her father his wish and approached the cooncil. Of course we'd tae tell them the reason as tae fit wye we nott the grave opened an tae oor surprise they listened wi a sympathetic ear. Permission wis grantit and on the appointed day the grun opened at Myrus Cemetery Macduff.

Baith o us stood there as the lads cleared the earth awa and checked the coffin wis still in ae bit. By gweed luck aathing wis fine and we went forrit tae pit the jaicket doon the hole. The woman turned tae me sayin "Since you suffered maist because o that jaicket wid you like tae pit it in place?"

Takin it fae her I gaed doon intae the grave and placed it on the coffin and tae this day I'm sure I heard radio static and voices fae the past chatterin awa and one voice as clear as a bell say -

"This is red leader at angels ten!"

The Three Roads o Castle Eden.

As I write this there's a bit o a storm comin in aff the Moray Firth and the aul windae in my study is rattlin wi the gusts o ween as it tries tae punch its wye in. I've the fire weel stackit tae conteract the caal druchts blawin in throwe the leadit glaiss peens.

This is a strange story but I canna claim tae be its author as the man that wrote it lies at the aul kirkyard at Kineddart as he's deen for the last hunder an forty odd years. That man wis my three times greatgranda the Reverend Gordon S. Gow.

He wis the meenister here at Eden for forty aicht years fae 1820 – 1868. He wis a prolific writer and kept amazingly detailed journals and I'm lucky enough tae own them. They are written in a close neat hand in the copperplate style o the eighteenth and nineteenth centuries. They, by their very content, were nivver meant tae be published.

He records in great detail stories o ghosts, witches, Devil's imps and ither strange ongyans o the occult aboot the pairish. For a man o the cloth he'd a great respect for folklore and nivver made a fool o local beliefs so obviously steeped in the pagan times. But noo in these mair enlightened times I think that some o his tales should be published, something he daurna hae deen in his ain time. I hiv published a few stories fae his journals already but nivver named him as their author. They are *'The Lichtin Green' 'The Steens That Turned' 'The Prechum Steen', 'The Meal Girnal'* tae name but a fyowe. The ideas for many o my ither stories also come fae his journals so his influence is throughoot aa my ain writing.

***

Donnty Galbraith wis walkin hame ae nicht fae the Mill o Eden faar he vrocht. He enjoyed bein oot intae fresh nicht air aifter aa day among the styoo comin aff the mull. He wis takkin up the hill and jist at the bend faar the road turned doon tae the fairm o Bowiebank fan an aul man coughed fair at his lug. He loupit clear shoutin "Aliss ye hoor!"
Whit a fleg he got and said intae the darkness "Gweed sakes min ye near stoppit ma hairt in ma breest ye silly bugger!"

But naebody made an answer and Donnty thinkin it wis some o the loons fae the mill oot for reels at his expense made a dive up the bank faar he thocht they were hiding. Aa he found though wis an aul yowie blinkin at him an hoasted again like an aul man afore rinnin awa. Laachin tae himsel for bein spookit he gid on the road.

As he cam roon the corner towards Castle Eden he could see its aul waasteens standin oot by the scam o the meen. He stood a meenitie lookin at the ruins and tried tae imagine fit it wid've lookit like centuries ago on a fine saft nicht like this. The castle hid stood guard here abeen the three roads since the fourteenth century at least and he tried tae picter aa the fowk that hid passed this wye an windered

33

fit kind o lives they hid lived. That's fin he heard the bairn greetin. It wis a low miserable sound like a bairnie at the eyn o its tether so Donnty hid a gweed look aroon but nae sign o the bairn could he see ava. So he speired "Faar aboot are ye bairn? I can hear ye but I canna see ye!"

The greetin grew louder intae hairtbrakkin sobs and that's fin Donnty saw the bairn sittin ablow a sign faar the three roads met on the wee triangle o girss. The bairnie wis cooried doon wi its airms aboot its knees rockin back an forrit in its misery.

Donnty gid inaboot an speired at the barnie fit wis wrang. As he did this the bairn lookit up at him wi the saddest painfilled een he'd ivver seen and shook its heed afore startin tae sob again as if its hairt wis brakkin. Donnty bent doon tae pick the bairnie up but his haans passed richt throwe. Donnty didna hing aboot ava.He jist teen tae his heels wi a strange whimper comin up his thrapple. He nivver lookit ower his shooder incase the bairn wis aifter him wi the horns o Hell stickin oot ilka side o its heed!

It wis a fyowe days later fin Donnty gid tae see the minister at his mither's insistence. He'd been in sic a state ower fit he'd seen that he wisna getting sleep for thinkin aboot it. His mither wis beginnin tae get worried for him. So minister it wis tae be. Donnty felt a richt gype gan tae see Reverend Gow but onywye he did it and tellt him exactly fit hid happened. Donnty wis surprised that the minister didna chase him for comin oot wi sic nonsense but he seemed genuinely interested and even got him tae show him faar aboot the bairn hid been sittin. Donnty, reassured noo that he wisna gan aff the heed because even the minister believed him, gid hame the wye wi a spring in his step tae his aul mither.

Ower the next puckle wiks Reverend Gow in the course o his pastoral duties wid speir at the auler fowk if they'd ivver heard ony strange things happenin at the three roads o Eden. He got a begaik at the amount o folklore there wis aboot the aul castle but naebody mentioned onything aboot a bairn bein seen faar the three roads met.

He lookit back the records o the previous ministers but they it seemed kept gey desultory notes tae say the least. Some o them hardly keepin records o births, mairriages and deaths let aleen onything else.That wis until he got tae the records kept by a Reverend Latimar fae 1623 till 1631. Now he keepit meticulous records and seemed tae be a richt 'Hell Fire' kine o minister.

In readin throwe the books it seemed that he'd gotten leave tae tak tae trial the suspect o a foul murder committed against an Elspeth Sangster, a widow woman. She'd been found in her hoose at Tocher Knowes brutally murdered by a billyheuk.The only suspect wis her twelve year aul stepson Charlie Sangster. He'd been heard shoutin that she Elspeth hid been the daith o his faither by her greed for land.

The laird at that time hid been een o the first impover lairds and he encouraged the clearin o the muirs tae plant. Apparently if ye cleared roch land ye got the use o it for a token rent. She Mrs Sangster hid aye been on at her man tae clear even mair grun. This gid on till eventually he'd torn the guts oot o himsel and deet o overwork.

Aabody said she wis a cruel woman and treated her man and stepson like they were beasts fae the field. She wisna affa weel likit by her neebours. Some fowk said she'd been haein a cairryon wi the minister Joshua Latimar the very man that hid noo been given leave tae judge young Charlie Sangster for the murder.

Fin Charlie heard that his stepmither wis deed and that he wis getting the blame he'd ran awa but wis found hidin in the widdies at Forglen at the ither side o the Deveron fae Eden. He'd been put in chines an brocht back. He wis only a bairn and although twelve he'd the stature o a laddie much younger and wis slow minded. A bad treated bairn he wis feart o his ain shadda an widnae hiv said boo tae a goose.

Onywye they threw the bairn intae a cell at the castle tae awyte his trial. Eventually he wis brocht tae trial and the whole proceedings were owerseen by Reverend Latimar by him standing on a podium and writin aathing doon that wis being said. He wis questioned by some o the kirk elders and they werena ower worried aboot the methods used tae extract a confession fae Charlie.

The bairn protested his innocence sayin he'd nithing tae dee wi the murder o his stepmither. In his dimwitted wye he even tried tae get help fae Latimar tae clear his name by sayin he wid ken that he hidna killed his stepmither because his horse wis at the hoose that very day. Nae help wis forthcomin as Latimar said he wis tellin lees aboot his horse bein there. Charlie did conter him but tae nae avail.

Aifter a good beetlin by the elders Charlie eventually owned up tae killin his stepmither wi the billyheuk. Latimar hid written wi obvious relish as he'd passed the sentence o the court. Charlie wis tae be strippit nyaakit and be given a thoosan lashes o the the cat-o-nine-tails.

He wis duly tied tae a frame erected faar the three roads o Eden met and given his punishment. It teen a hunder an twenty lashes for Charlie tae die in agony. The man at the lash stoppit layin on fin he seen the bairn wis deed but Latimar ordered him tae tae complete the punishment o the court. Aifter a thoosan lashes there wisna an affa lot left o Charlie tae beery but his remains were laid in the wee triangle o girss far the three roads met so his soul should forivver be lost nae kennin fitna road it should tak.

Reverend Gow wis fair seeck readin aboot fit they'd deen tae peer wee Charlie and he could feel the anger comin up his thrapple.

Later he found oot mair aboot Latimar. He'd gaen on

tae become a witch hunter doon aboot the Borders faar he'd enjoyed pittin peer aul weemin tae the ordeal. Nae one person wis ivver spared that came afore Latimar and aa ended up bein brunt at the stake. He met his eyn in a drunken brawl ower a hooer an ended up bein gullied in the guts an teen mair than a week tae die in pure agony. A fittin eyn tae an animal like that thocht Gow.

That he'd been involved somehow in the murder o Elspeth Sangster didna seem muckle in doubt. Gow felt in his bones the bairn didna dee it but hid been made tae pey for anither person's crime. Though it could nivver now be proved if Latimar wis the murderer an affa lot o things seemed tae point in his direction. The apparition o Charlie at the three roads if true wid go some wye tae provin Charlie's innocence if nae Latimar's guilt.

He thocht lang an sair as tae fit he should dee. Eventually decidin he'd nott some ootside help he gaed intae Macduff tae see Father O'Maley a retired priest that bade up in the wee priory at Chapel Hillock. Father O'Maley could be a richt contermaschious aul bugger at times but the twa men although o different beliefs were the very best o freens. Weel intae his aichties Father O'Maley hid vast experience in the unseen world o the occult and the spirits therein.

Father O'Maley listened, quaitly sippin at the whisky Gow always teen him. Een o his parishoners hid a relation that bade up the Cabrach wye so there wis ayewis a dram or

38

twa passed on tae Gow.

Aifter Gow feenished his story Father O'Maley jist sat awa sippin at his fusky. Aifter a fyowe minutes he cleared his thrapple sayin tae Gow that as he wis in gey peer health there wisna ony wye he could dee fit needit tae be deen but that he'd gie Gow the tools and the method tae set the bairn's soul free.

As I said afore although they were o different beliefs they were the best o freens on a personal livvel and Father O'Maley often bade at the manse faar Gow's wife doted on the aul priest treatin him like the grandfaither she'd nivver seen. There he regaled her wi stories o 'Owld Ireland' aboot the Bainshee combing her golden locks or the 'Little People' nae higher than yer knee. Mrs Gow wis ayewis on at him tae come and bide at the manse faar she could look aifter him an see that he ate eneuch. He ayewis passed it aff wi an evasive answer an a wee laach.

Fin he returned tae the manse he put by the things Father O'Maley hid geen him. He'd hiv tae awyte the twentieth o December afore he could dee onything for that wis the date Charlie hid died.

Onywye on the appointed nicht Reverend Gow teen oot the stuff that he'd been geen by Father O'Maley. There wis a bottle o Holy Water aa the wye fae Rome, a big brass crucifix, a lock o St Drostan's hair deen up in a wee gold box wi a glaiss front forbye three prayers rolled up an sealed wi reed wax. Gow hid nivver deen onything like this afore so he wis understandably nervous. He'd been tellt nae tae show ony fear or doubt fin he came face tae face wi the spirit o Charlie but tae spik tae him and offer tae release him fae purgatory. He hoped he'd manage tae dee aathing richt even though deep inside he doubted if he'd see onything ava.

Pittin aathing intae a wee cloot pyoke he made his wye tae the three roads. He gey near forgot the very thing that Father O'Maley hid been so insistent aboot so he gaed doon tae the glebe and teen the milkin stool fae the byre. Yermin the milk coo wis in her staa half asleep and fin she saw him she stared wi her bonny bovine een. He gaed inaboot and made a fuss o her scrattin her heed and giein her a puckle fresh hey. He'd a fyle tae wyte for darkness so he cleaned her oot an pit in fresh strae intae her staa.

Afore nicht he made his wye tae the three roads armed wi his cloot pyowk an the milkin stool. He placed the stool richt in front o the place Charlie hid been seen by Donnty Galbraith. Next he laid oot the Holy Water, the crucifix and the wee gold box wi St Drostan's hair and awytit the licht tae fail. Really nervous now as darkness came doon it teen aa his belief tae bide there.

In the event he wis sittin on the milkin stool for nearly three oors and freezin wi the caal. He wis thinkin tae himsel he should've teen his big walkin cloak fin he heard the first whimper. He thocht he'd been mistakken an that it hid been

40

the sound o some nicht craitur. He heard the whimper again much closer and felt the hairs on the back o his neck birss up like a cat. His een, weel accustomed tae the dark by noo could mak oot much o his surroundins but nae a sign could he see o the bairn. The whimperin got mair pathetic and even closer. He said much the same as Donnty "I can hear ye bairn but I canna see ye!"

Slowly at the bottom o the signpost the bairn came slowly intae focus. Gow felt the fear grippin his intimmers and he near teen tae his heels. The bairn wis sittin jist as Donnty hid said: cooried wi its airms aboot its knees and rockin back an forrit, a pure picter o abject misery.

Gow, though feelin really scared now, managed tae control the urge tae rin awa. But as he seen how sair made the bairn wis his hairt near broke. "Oh ye peer bairn. Fit ails ye Charlie?"

At the soon o his name the bairn stoppit greetin and lookit up at Gow and in the saddest voice he'd ivver heard in his life say, "I didna dee't I didna!"

Gow getting braver replied "I ken that Charlie. That's fit wye I'm here tae set ye free!"

The wee facie lookit sae sad as if he didna believe him and jist shook its heed an startit showdin back an forrit again. Gow then speired at Charlie if he kent faa hid killed his stepmither. The look o terror on his facie made Gow think he'd feared the bairn's spirit awa but it remained visible- jist

41

the look o horror on his face.

Gow didna ask again but said one word "Latimar?" Charlie didnae respond but he didna need tae -his silence wis mair than eneuch for Gow.

Charlie startit howlin in his distress and wi his airms aboot his knees began tae showd back an forrit again. Reverend Gow stoppit speirin onything aboot Latimar and speired at him instead if he wintit tae be free o this horrible place. But Charlie howled that he wis tae bide here in purgatory until the Day o Judgement. Gow tellt the bairn that he could be set free for he wis guilty o nae crime and that if he'd let him he'd set him free. The wee facie fair lichtit up at this so athoot fear now Reverend Gow gaed throwe the ceremony as dictated by Father O'Maley.

First he sprinkled the bairn wi the Holy Water sayin a prayer in Latin then he passed the relic o St Drostan three times deesil (clockwise) roon Charlie's heed again sayin prayers in Latin. Aa this wis deen while sittin on the milkin stool. Father O'Maley hid been really insistent on this point sayin the milkin stool represented 'Earth's Bounty' and each o the three legs were The Father, The Son and the Holy Ghost and wid protect him and the bairn fae ony malevolent spirit fae entering this now Holy place.

Next he placed the crucifix on the very spot Charlie sat and he felt a slight resistance as his hand passed throwe the bairn tae lay the cross on the grun. Continuing saying the

42

Latin prayers, Charlie slowly disappeared fae sicht, his wee facie fair beamin.

The darkness wis now total and Reverend Gow sat there shakkin wi the caal swyte rinnin fae him. A chill breeze sprung up and near teen him aff the seat. But Father O'Maley hid tellt him tae expect this as the angry demons fae purgatory wid be wantin anither soul tae replace Charlie's. He'd nae tae leave the seat ava until he feenished the ceremony. So wi a different Latin prayer he then scraped a wee hole and put in the three prayers rolled up and sealed wi reed wax then covered them. The breeze then stopped and darkness got back tae normal and he could see oot aboot eence mair.

Next day Reverend Gow and the aul gravedigger made their wye tae the three roads. They dug doon faar Charlie hid appeared and in nae time came across his remains. Carefully liftin them they teen them back tae the kirkyard and gave his remains a Christian beerial. Sadly there wisna a marker for Charlie's father, nae record for that could he find but he put the bones in a place that jist felt richt.

The Rowlin Heed.

In years lang syne the Travellers used tae hae an encampment at the tap o New Byth. At that time o the year they worked on the land giein a caa tee tae ony that wid pey them a few bob or peyed them in kind. At that time though there wisnae a lot o siller gyan aboot so maistly they workit for milk, meal and tatties. But michty, happy fowk they were and the music, the stories and the laachter that echoed doon as far as the Howe o Byth drew fairm chiels and their deems inaboot o a fine summer's nicht. The tay wid be hotterin ontae the fire and bowlfaes wid be handit roon tae abody faa wanted some and then the stories wid start.

There wis ae faimily there caad the Brochans, a big faimily they were ana aboot fifteen or saxteen if I mind richt. Maist were loons but there wis fower quines ana but they were growed up though neen were mairriet then. The twa youngest loons were o the same age group as masel. Wullie widv'e been ten or so and his brither Jimmy aboot twelve. Onywye on ae particular nicht a puckle o's made oor wye tae Cumminstoon tae a picter show.

There used tae be a man fae Aiberdeen faa traivelled the country roon wi a magic lantern and wid show picters aff glaiss slides. Nooadays it wid be classed a load o muck but tae us it wis the greatest thing ye could imagine. The kirk halls were faar he likit best but if he couldnae get in he'd dee the show in a barn or tattie shed. At Cumminstoon though there wis a fine kirk hall and aabody sat upon benches or fauldin cheers.

Weel noo, aifter aa the banter an shovin wis ower we aa settled doon tae watch the show and get oor bawbee's worth o' entertainment oot o the mannie. Him that did the show wis an affa moothpiece so we caad him 'Skitterinchoich', he wore a black cloak and a lum hat an wis a fair dapper wee mannie but he could spik the hin legs aff o a cuddy. The slides he showed in the first haaf were maistly wild life fae darkest Africa an some strange beasties they were ana. At haaf-time his wife Kate sellt pu-candy and joogs o beastie ale made wi gerome seed . For a bawbee, ye got a lump o plunky the size o yer haan. Some o the loons caad her clatty Kate because the plunky wis aye covered in dog hairs or deed flees but that didnae maitter tae us.Fit's dog hairs or deed flees atween freens for clean mait nivver fattened the piggies at the trochie!

The second haaf wis aboot ghosts. He even showed the slide o a nun standin in front o a big hoose, anither yin o a wee lassie sittin on a steen an ye could see throwe baith o them and ither yins wi strange lichts in the shape o fowk. Och min there wis loads o them and by the time it wis ower maist o's were draitin oorsels wi the fear.

Onyhow we'd a lang dark road tae wun hame tae the encampment at the ither side o Byth so tae hide oor fear we'd

45

a lot o reels and highjinks on oor wye alang the Howe o Byth. A hale boorach o's waaked alang laachin and jokin apairt fae een an that wis Wullie. He keepit tae the middle o the road at the front o aabody in case ony ghosts should jump oot at him fae the ditch an tak him hence tae the place o the drivellin droochermin faar the shancouls wid torment him wi sharp sticks dipped in saat for eternity and a day. His brither Jimmy powkit me an whispered "Watch me mak Wullie drait himsel wi the fear!"

So sayin he pickit up a neep that hid faain fae the back o a cairt intae the side o the road. He plankit it aneth his oxter and as we gaed up the brae intae Byth he nippit up een o the mony lanes and disappeared. As we approached the Chapel lane Jimmy rowed the neep across the road fair squarr in front o Wullie faa gaed oot wi a pech and jumpit clean in the air. The neep haein faan fae the cairt hid got peeled a bit so as it rowed it made a whup whup soon on the road, Wullie howled like a Bainshee and started skirlin " A hee – a hee a hei a heed!" Wi that he teen tae his heels as if aul Nick himsel hid made a grab for him. We aa got a rare laach at the antics o Wullie and we made ghostie voices ahin his fleein back.

By the time we reached the encampment there wis an affa commotion gyan on. Fowk were comin oot fae their beds askin fit the hell wis gan on an it sae late. Wullie wis sittin in front o the camp fire gibberin sayin "A heed' ... A heed... a

46

heed !" an pintin back the wye we'd come. He'd gibber awa a meenit or twa then the word "Heed!" His mooth wis hingin slack an the slaivers were fleein fae him as he blubbled on athoot sense. His mither wis in an affa state an wis rubbin the back o his neck wi caal watter for she thocht that he'd teen a brain fever. So for the next oor or mair aa that Wullie managed wis the word "Heed!" atween moofaes o slaivers.

Neen o's said onything though aboot Jimmy rowin the neep and fleggin Wullie for his faither wid've battered the drait oot o him if he kent. But we laached for aa that though an ivvery time Wullie shouted "Heed!" the fits o laachter started again until some o the auler folk caad us white livered tae be laachin at poor Wullie an him naeweel wi the brain fever. That jist made us worse till in the hinnereyn we were tellt tae gang awa for a walk. Wullie wis a spookit laddie richt eneuch but him seein the picters fae the magic lantern hid fairly garred his imagination work owertime

The Traveller's were great story tellers an tae be tellt a story sittin at the camp fire wis an experience nivver tae be forgotten. The stories were usually aboot Jack the giant killer wi a moral tae them. Ithers wid be aboot Burkers a real fear tae the Travellers at that time or ithers wid've been aboot ghosts. Noo, sittin in front o a bleezin fire listenin tae ghost stories weel tellt wis gran because if ye lookit ower yer shooder ye could see nithing but darkness an that alane could mak the hairs on the back o yer neck staan on their

47

eyn.

The thing that feart ye worst ava wis bein sent for watter maybe doon a dark road tae the wall. Afftimes naebody wid come wi ye because neen o them wintit tae miss ony o the story and if it wis a good yin they'd be too feart tae come wi ye onywye. So aff ye'd tae traipse on yer ain wi yer ersehole winkin wi the fear o't aa. Noo the fear didnae laist for ye teen ghost stories wi a pinch o saat an jist got on w't but Wullie on the ither haan believed ivvery word for Gospel his een dancin wi terror in his heed. The result o this cairryon wi the neep heed made him even mair feart o the dark an bidin intae encampments aften in the back o yonder it wisnae affa easy tae avoid dark places so Wullie's life wis divided atween licht an dark. Aftimes though Wullie spiled the licht for if he'd heard a gweed story the nicht afore he could haunt himsel an it braid daylicht.

There's a strange tragic postscript tae this story. Years aifter that nicht Wully an Jimmy were wi the Gordons in France fin the big attack wis made on the Somme. Durin the attack Jimmy got hung up ontae the pykit weir .Wullie gaed gyte at this an hid tae be held doon tae stop him gan oot tae get his brither for it wid've jist been tae his death. Jimmy hung there aa day wounded but alive an aifter dark Wullie slipped awa oot intae nae man's land tae get his brither. He wis nivver seen again neither him nor Jimmy an their grave is the place faar rests thoosans o young men wi nae a bare steen tae hud them low in the grun or tae mark their passin. Aye; Wullie min, ye needna hae feared the deed -it wis the livin ye should've watched oot for in daylicht or dark.

The Pinged Spurrnie.

Aifter The Great War Sandicky MacSorter opened a wee garage in the Cabrach. He'd been a fitter wi the R.F.C. in France and hid gotten a nae bad gratuity fae the air force. Wi the siller he bocht a shed and fittit een o the new petrol pumps tae a tank ablow the grun. There wis still a lot o shortages but he'd managed tae get a puckle bits & bobs tae sell in his wee shop. He wis far aheed o the rest and this could've been the first parts shop in the area. Sandicky hid aathing ship shape and the new hand pump wis gleamin. He'd a broon bilersuit on so he lookit the pairt richt eneuch. On the first day he opened he didna get ony sales and apairt fae a puckle fowk comin tae hae a nose so the wee widden box that he used as a till lay teem.

It wis tae be much the same for the next fyowe days apairt fae sellin twa tins o Bluebell polish at fowerpence each. It wisna till the Saiterday mornin that the first car drew up at the pump for petrol. Sandicky wint aa gypit an near fell ower his ain feet in the rush tae serve his first real customer.

There wis twa lads in the car so Sandicky gave them the works "Good morning gentlemen! And what can I do for you this fine morning?"

He spoke 'The Pan-loaf' and even managed tae pit the 'ing' sound intae morning. Aye he wis a rare chiel wis

Sandicky. The driver jist lookit at him kinda strange and said "Fill her up my good man!"

Sandicky wint aa servile fin he heard the posh soonin voice and hid tae stop himsel fae raisin his knuckle tae his foreheed in homage. Instead he said "Yes sir!" and gaed an opened the fuel tank lid.

The tank on this particular motor wis at the back o the engine and the lid ablow the windshield. He put the heed o the pump intae the tank and turned roon tae caa the pump. Sandicky wis aboot halfwyes throwe wi the fuel fin he heard the scrattin o a spunk.

He turned and tae his horror the driver wis in the process o lichtin his pipe. Nae the thing tae dee fin the fumes o petrol are gan aboot yer lugs. Sandicky almost got oot a "NO!" fin the lad pinged the match. The petrol caught in a blue lowe and Sandicky loupit awa fae the pump wi a skirl.

The lad in the car shouted "Oh Jesus Jesus!" and drove awa wi the pump still connectit and ruptured the petrol pump in the process. He sunk the tackit wi the car wheels skirlin as they gained traction tae get awa fae the spreadin flames.

The last thing he saw in the mirror wis Sandicky rinnin roon in circles throwin water ontae the lowe. A few days later the lads came back the wye tae hae a look at Sandicky's garage but there wis nithing left barr a puckle danders. Sandicky wis standin lookin gey dejected fin he spotted the car and stood in the middle o the road tae stop the car.

The driver didna hing aboot but jist put his fit doon and shouted abeen the windshield "Oot the fuckin wye ya bamstick!" Sandicky wi his haannies wavin teen a fleein loup oot o the road an rummled aboot the gutters squealing like a pig.

The Lichtin Green.

The lichten green wis the place far ye lichted (dismounted and mounted) fae yer horse in days of old.

At ae time there used tae be a Tinker's encampment ontae the aul lichtin green at Castle Eden. Tinkers wid come fae far and near because it wis weel likit as a stoppin place afore the first frosts o the year's eyn set in.

The fairmers an cottars roonaboot were affa gweed tae them giein them milk, meal an tatties for a day's yokin clearin the grun o steens, sortin ony faain doon drysteen dykes that abounded the parish. Aften the men helpit wi the tattie howkin ana for it wis a gey hard yokin. The weemin fowk gaed oot their hawkin and ranged the pairish far and wide sellin preens, buttons, pirns o threid and sic like. Maistly it wis for barter like eggs, cheese or butter for siller wis gey ticht in the gettin at the times I'm spikkin aboot. A lot o the auler weemin gaed the drookerin (tellin fortunes) and could aye mak a few coppers revealin tae servant quines secrets o their futures and the tall hansome stranger that wis gan tae come and tak them awa fae the life o hard relentless work and mak them intae ladies waited upon haan an fit by servants buskit in fine wigs, yella cwites and siller buckles on their sheen.

The time I'm writin aboot wis weel afore the big

fairmtoons came intae bein in the aichteen forties. Castle Eden wis still at that time made up o sma modest fairms and lots o wee crafts dotted aboot the strath o Deveron an the Den o Eden. Onywye, that year a malignant fever made it's appearance and laid its caal haan upon the countryside layin low men, weemin and bairns. The kirk bell hardly stoppit ringin nicht and day announcin tae aa that anither beerial wid be takkin place at the dawnin o the next day for that wis fin the corp wid aye be laid low in that pairish and it hid been so for lang syne.

At the aul lichtin green jist afront the ruins o Castle Eden aboot twenty Tinker faimilies were encamped there at the time. The fever raged throwe the pairish but neen so far hid came doon w't. This gave the local fowk cause tae winner as tae fit wye this micht be and like ony group o feart fowk they fun the answer in their ain waggin tongues. The conclusion they came till wis that the Tinkies hid brocht this scourge upon them and eence the pairish wis cleared o them then aathing wid seen be back tae normal. So a great boorach o them airmed wi oxterfaes o steens set fit tae the lichtin green wi the intention o steenin them fae the place.

By gweed luck the minister wis makkin his wye hame tae the manse fin he come upon the githerin o angry parishioners makin their wye up tae the green. A fyowe weel chosen words fae the Gweed Buik and an appeal tae gweed sense got the bleed cweeled and the maist sensible yins made their wye hame while some o the ithers still wintit tae see the Tinkies awa. But even they saw sense as the ranks slowly thinned and they, like their neebours made their wye hame ana.

The minister, gweed man that he wis, though himsel fochen deen, made his wye up tae the lichtin green tae mak sure neen o the mair angry parishioners doubled back. He aftimes visited the lichtin green; nae in a formal wye but as a man that enjoyed their stories and music. He hid aye been made welcome aboot their fires but this forenicht things were different- they seemed affa hung back wi him. He looked for aul Donald Stewart, a particular favourite o his, and speired o him fit wis wrang.

Donald reluctantly tellt him fit some o country fowk hid been sayin aboot them and that a couple o the young lads hid been set upon by a troop o fairm servants. The minister wis ootraged at this and askit tae see the laddies. His request wis grantit and he wis teen tae the camp o aul Magg. It wis her that did aa the bone settin and herbal cures for ailments among the Traivellin fowk an fyles country fowk ana. The twa loons were gey blaik an blae but Magg said they were young and strong and wid seen be roadit again for nae beens were broken. He got tae newsin tae Magg aboot this putrid fever and speired o her if she kent o ony cures for it oot o her herb box. "Na" says she "Nae a cure wid I hae within it for it's nae that kind o seeckness ava laddie"!

55

So he pressed her as tae fit kind o seeckness she thocht it tae be and wis shocked tae be tellt that the "Ancient Yins" were angry wi the fowk for nae peyin them homage as wid've been deen in days o lang syne.

Noo Reverend Gordon S. Gow, for that wis his name, wis fairly teen aback by Magg's revelation for it contered aathing he'd ivver been brocht up tae believe; but as this wis desperate times he speired at her fit could be deen. Mair than an oor later jist as the nicht wis drawin in an affa thochtful man teen leave o the lichtin green.

Twa or three days aifter that nicht Reverend Gow hid jist deen owerseein the beerial o twa mair o his parishioners. Comin tae a decision he turned tae them stannin at the gravesides and gave orders that nae minister o the kirk wid ivver say, an mair than ae puzzled look did he get for it.

At twal o the clock on the day follyin the kirk bell wis rung backwards but this time nae tae proclaim a beerial but tae signal the hale parish tae pit oot their fires. Sivven an twenty mairrit men met up at the road gyan three directions in front o Castle Eden. Wi them they cairrit twa big planks o timmer. They teen turns o nine at a time tae rub the twa planks een agin tither till the heat made fire.

Aul Magg teen the smuchterin oo and breathed it tae flame invokin the 'Ancient Yins' wi a canterin o strange words. Aince the flames lickit heich she placed it intae a wee caal iron three leggit pot fulled o dry twigs fae the

56

rowan, hawthorn and willow tree. Aul Magg an the burnin pot wis teen fae hoose tae hoose on a wee cairt riggit up for the occasion. At ilka place she lichtit a new fire fae the pot aa the while mutterin a canterin.

By hawthorn, waan an rowan tree
Bainish the shancowls far fae thee!

Syne she bid the fowk pit ontae the new fire a potfae o clear fresh waul watter and intae the pot she pit a watterworn chuckie an a twig fae the boure tree wi the order tae let it bile dry.

It teen maist o the day gyan fae place tae place till she finished up faar she began, at the lichtin green. It wis there she lichtit fire wi the very last embers fae the reekin pot.

Nae one bite nor one sup passed her lips that day nor for the three days follyin. She sat her leef aleen intae her bow-camp an spoke tae hersel in a language neether Cant, Scotch nor Gaelic.

Some o the Tinkers said she wis spikkin tae the 'Ancient Yins' in their ain ancient tongue for wis she nae the seivinth dochter o a seivinth dochter and kent weel the wyes o them that passed afore. On the third day as Magg stottered thawless oot o her camp the fever hid gone fae the pairish. Fear gaed fae fowk's hairts and life gaed back tae normal. Reverend Gordon S. Gow, gweed man that he wis,

57

thankit aul Magg for appeasin the 'Ancient Yins' even though the very idea contered ivverything he himsel believed in.

***

Mony a lang year his passed syne that day, an aa the fowk that were witness tae fit happened lie peacefully in the aul kirk yard.

If by ony chance ye tak the inclination tae hae a danner doon the wye o the kirk yard some saft forenicht aboot the month o September, hae a look doon at the sooth eyn. Growin ootside the waa ye'll see the bonniest rowan tree wi the reedest berries on it ye'll ivver cast ee upon. Aneth it, in the rowan's bosie lies aul Magg, at her left side staans a gnarled hawthorn tree protectin her soul, at her richt side growes a weepin willow castin tears o sorrow for the passin o Magg. Inside the kirk yard against the same bit waa there staans a modest gravesteen in line wi Magg's rowan tree.

Inscribed ontae it's saansteen face, near worn awa wi time, are a few words:

IN MEMORANDOM OF

Reverend Gordon Skinner Gow 1781-1863

for 48 years Minister at Iden.

TILL WE MEET AGAIN MAGG

by

hawthorn, waan and rowan tree.

The Carbide Lamp.

"Tell's a story uncle Sanners!" I'd been haein forty winks aifter supper in jist yon fine state atween asleep an awauk, lulled nae doot by the heat fae a weel stackit peat fire.

"Go on uncle Sanners a ghosty yin!"

A haan shoogled ma shooder. I opened an ee an lookit intae the illtrickit broon een o ma gran nephew Wullty. The rest o the faimily an workers came in an githered aboot the chik o the fireside gettin themsels sattled so nae tae be oot in the feary bits faar the shaddas dance wi the peatfire flame. The kitchie deemie cam in wi a tray loadit wi buttered scones, corters o breid an big lumps o her speciality fairmhoose cheese. She hung the kettle ontae the swye abeen the flames but tae ae side for she didna want the watter tae bile ower fast afore the story's eyn. Clearin ma thrapple I says tae Wullty ,

"Dird a puckle mair peats on the fire min an turn doon the lampie a bit!"

Abody laached for they kent fine I likit dark corners afore I tellt a ghost story.

"Weel noo faar div I start?"

I left a wee pause jist tae get aabody's attention but a quick glance tellt ma I hid that weel eneuch for a half dizzen pair o een were rivetit on ma. Scrattin ma pow tae gie masel a wee bittie time tae think.

"Weel! Fit ah'm aboot tae tell ye happened aboot saxty year ago fin I wisna muckle auler than Wullty here!"

I rubbit his curly heed an got a flash o his laachin broon een.

"My aulest bridder hid been teen on for cattlie at the Mains o Backchynes up atween Huntly an the Cabrach. He'd moved fae the Hame fairm o Eden jist doon the road here at the November Term. Oor fadder hid flittit him wi the cairt and hid left me tae gie him a haan settlin in. Ma fadder hid left me wi his bike tae wun ma wye hame so I bade a fyowe days an gied Jockie a caa tee. Onyhoo it came time for me tae haud hame the wye so Jocky teen oot fadder's bike fae the neepshed faar it hid been keepit oot o ma wye in case I connached his pride an joy by rinnin aboot on't fin I shouldna've been."

I leaned ower and gave the fire a powk wi the poker makkin the peats tae lowe. I could see abody beginnin tae wun nearer the fire as they got mair intae my story.

"Michty but I wis fair excited at the thocht o gettin a hurl on the aul man's bike. Jockie gied ma some spunks tae licht the carbide lamp because it wid be dark o'clock or I wun my wye back here tae Eden."

"Fit's a carbide lamp'?

This wis fae Wullty; he'd a puzzled expression ontae his face an I realised eence mair aboot the generation gap.

"Hiv neen o ye seen a carbide lamp?" I speired.

Only Maggie the kitchie kent aboot them for she mined her ain fadder usin een, abody else'd shook their heeds.

"Weel noo, lang afore battery lichts came on the go fowk used wee ile or carbide lichts ontae their bikes. Carbide wis the best by far but affa dangerous. It wis aboot the size o a half pint milk bottle wi a roon reflector oot at the front and a spring clip tae the hinmaist far ye hung the lamp ontae the wee bracket afore the handlebars o the bike. The boddom o the lamp hid a wee cup ye screwed aff an fulled wi carbide pooder. Ye got it fae the smiddy and wis jist a grey coloured pooder.

The tap o the lamp hid a wee tank fulled wi watter. On this tank there wis a tap ye turned that alloot wee drappies o watter tae faa doon intae the carbide. Noo fin the twa o them mix, a gas comes aff an ye licht yer lamp and close the reflector an fit a fine bricht licht it gees oot. So that's yer carbide licht."

I rubbit Wullty's curls again,"Got it noo min?"

"Onyhoo! Back tae the story. Jocky says tae ma that I could cut aff a lot o miles if I teen the aul Drover's road doon the glen till it eventually comes ontae the main road. The Smiddy hid been tellin him aboot it that very mornin. Weel tae cut a lang story short I sets sail doon the aul Drover's road!"

The kettle began tae hotter so the kitchie teen the

poker an pushed the chyne hingin fae the ranntle-tree takkin the kettle weel aff the heat. Tay widna be served till the eyn o the story an nae afore. I did notice though in the flickerin o the fire that a twa or three scones hid already disappeared fae the tray.

The Drove road wis gey roch in bits but if ye watched fit ye were deein ye could fair knipe on. The forenicht wis drawin in an it got a bittie owercast and it bein in a glen it wisna lang or I'd tae licht the carbide lamp. In a fyowe seconds I hid her gyan. The sough o the lamp wi the fine bricht licht cheered ma up a bittie for it wis a gey lonely bit o the country, nae a hoose or waasteens hid I so far cast ee upon. As I said the road wis gey roch and the dirll o't put the lamp oot so I'd tae stop an licht it again. Nae a spunk could I find, the box must've fell oot o ma pooch somewye back alang the road and nae wye wid I find them noo and it sae dark.

Well I'd jist hid tae waak wi the bike until sic times as I cam tae a hoose an speired for a licht. Aifter a gey traichle I reached a wee steen brig an fae there on the track seemed tae be in better repair but I wis still feart tae use fadder's bike in case I damaged it in ony potholes I'd nae see. Fitivver I cairriet on for anither half mile or so waakin wi the bike fin I cam upon a hoose and could see lichts throwe the windae. I wis glaid o that I can tell ye. Wullty cam a bit closer tae my seat an some o the ithers shoochled a bittie nearer tae the fire.

"The hoosie wis a wee bit but-na-ben wi a sod reef tae keep oot the weather. I chappit at the door and aifter a meenitie or twa an aul woman opened the door huddin a lamp. She lookit as if she's been greetin. I tellt her my dilemma an speired at her if she micht hae a spunk so I could licht my lamp. She tellt ma tae wyte a meenit an she put the door tee ahin her but the latch nivver teen so the door swung slowly open.

In the middle o the fleer I could see the body o an aul man in a coffin set ontae twa trestles I understood noo fit wye the aul woman hid been greetin. She cam back and handit me a box o spunks.. I apologised for botherin her at sic a time. The saat tears were rinnin doon her chiks as she tellt ma it wis her man in the coffin and that he wis tae be beeriet this comin Feersday. I thankit her for the spunks and askit o her if she needed ony help but she shook her heed an said "Na laddie there's naebody can help ma noo but thank ye aa the same. Jist gyang you an live a lang lang happy life for that is fit's been ordained for ye."

Wi that she shut the door.

I felt Wullty drawin inaboot tae ma legs and could see the ithers expressions gettin a wee bit spookit.

I waakit on the road a bit afore I made tae licht the lamp but fin I tried tae scrat the spunks neen o them wid strike; ivvery een hid been spent.. The peer aul woman must've been raivillt. I couldna gyang back so I jist waakit on till at lang last I reached the main road. I got a licht fae a man on a bike and made it hame here at aboot half twal. I gaed tae ma bed athoot waakenin abody up but I couldna stop fae thinkin aboot the peer aul woman.

In the mornin I tellt my mither aboot fit happened the nicht afore. Ae me but she wis affa pit oot thinkin o the aul woman alone at sic a bad time so she'd nithing else adee but tae get fadder tae yoke the gig. She put in tatties, meal, cheese and eggs and the three o us set sail back the wye tae her hoosie. It wis a fine bricht November mornin so the hurl didna tak affa lang.

We reached the heed o the road that I'd cam doon the nicht afore an turned up it. Alang the road we went but nae sign o habitation did we fin apart fae an aul waasteens wi brummels and a big rowan tree that grew fae the inside. We went back up the road a couple o times but nae sign o the hoosie could be seen ava. Since we were so near tae faar oor Jocky vrocht fadder decided tae visit and maybe speir at him if there wis anither road.

Fin we arrived by gweed luck the aul fairmer cheil wis there so fadder speired at him aboot a hoose faar the aul man hid deet an wis tae be beeriet this comin Feersday. The fairmer didna ken an said there wisna a hoose on that road apairt fae the ruins wi the rowan tree growin fae its intimmers. Fadder got me tae tell him fit happened yestreen and as I tellt the fairmer I could see his face change colour a wee bittie. Eence I feenisht he tellt us that fin he wis a laddie there wis an aul woman faa's man hid died but the nicht afore the funeral the hoosie hid been brunt tae the grun and the aul woman hid died in the fire. That wis the ruins we'd passed wi the tree inside."

***

Abody liked the story and mair than one o them lookit ower their shooders intae the shaddas.

"Anither een uncle Sanners!" Wullty wid hae me tellin stories aa day.

"Well!" says I "Let ma hae a cup o tay and a buttered scone for ma mooth is wersh wi the spikkin."

I lookit at the kitchie and said "An I micht get a wee bittie o yer fine hame made cheese!"

Maggie gasped fin she saw that the cheese and mair than half the scones hid been pilfered while I'd been tellin the story.

The Loupin Loochy.

As Jesus died on the cross the Devil tried tae grab his soul but in the event he only managed tae grab 'The Crown o Thorns.' The crown o the King o Kings. The Devil got affa upset an slapped his owld leather tail on the grun an using blasphemous words that nae human could or would ivver hear this side o Hell. In hight dudgeon he gaed doon tae the gates o Hell and at first thocht he'd throw 'The Crown o Thorns' tae the flames as a slight tae God. But he thocht tae himsel if he keepit ontae the crown he'd be able tae use it tae entice mortals tae steal it then he'd get loads o souls for the takkin.

He journeyed tae Scotland tae a place caad Tarlair faar een o his maist faithful emissaries hid a wee castle. So thinkin he gave his emissary 'The Crown o Thorns' an tellt tae him that he should let the world ken that the 'King o Kings' crown wis there for the takkin. Eence it wis kent far an wide aboot the crown brave men an weemin cam fae far an near tae claim it for themsels. Ilka een that found their wye tae the castle wid stand afront the castle on the place caad 'The Devil's Peatstack' and voice the challenge- -

"Come oot come oot lay yer arms down. I'm here tae claim oor Saviour's crown!"

At this the drawbrig wid be lowered doon clunk clunk clatter clatter thump! At the far eyn on the castle side stood

66

Loupin Loochy. He wis a wee rat that stood easily on his hin legs He'd a lang spear in his fammil wi a massive spike tae it.. Fin it spoke it wis wi a high pitched voice- -

"I am the Loupin Loochy
The Devil's jumpin rat
I'll flay yer flesh an bile yer banes
An sook yer marra fat,
Fit div ye think o that?
Fit div ye think o that?"

The Loupin Loochy wid attack like greased lichtnin wi a hop, skip, jump an twa buck loups across the drawbrig and in nae time the challenger wid be a corp. A wee whilie later sookin sounds could be heard comin fae inside the castle as Louper feasted on the marra fat, his favourite dish. It wis said he could devour the marra fat fae a corp in ten minutes an be lookin for mair in the next ten.

This gaed on for centuries upon centuries. Romans, Kings, princes', lairds, nobles, even Vikings aa gaed the same wye. Sookin sounds fae the castle for nae one warrior got near the crown. The Devil wis fair kinichtit wi this an sat rubbin his fammils. He wis getting souls at an affa rate. The Roman 9th Legion wis the maist he got in ae day an sic fun he'd hin tormentin them ower the past centuries. Ither armies hid come an he got aa their sowels ana because that wis fit ye forfeit if ye tried tae get the crown an lost. For ten centuries they'd come an by the looks o't anither ten wid come in the passin.

* * *

Sandy lay on his side in front o the fire. His peer aul mither hid tae stretch ower him tae throw mair peats on the fire tae keep her bairn warm. Sandy jist widna move ava; it got that bad he ended up covered in ash as it piled up aroon him. As ye can see Sandy wis the laziest laddie in the hale o Christendom an his aul mither pandered tae his ivvery need feedin him on the very best o mait as he lay on his side in front o the fire. He'd shout "Mither I wint a pee!" and she'd rin an get him a pail. He'd grunt wi satisfaction as he teemed himsel on his side amidst a clood o ashes.

His peer aul faither vrocht fae the first licht o day richt throwe tae the very licht failed in the heavens, plooin the grun an seein tae the kye jist tae feed Sandy on the very best. Ae day while brakkin in a new bit o grun the ousen at the ploo stoppit- it jist couldna gyang anither step. Sandy's faither cursed aneth his breath for he kent fine he'd hut a big steen. He tried tae rugg the ploo oot wi the help o his big ox but the ousen jist couldna shift it ava. So he wint doon on haans an knees an tried tae clear the coulter fae the steen. Fin he put his haan intae the grun he found it wisna a steen ava but an aul sword. Pullin it oot he saw it wis a claymore. Dichtin the gutters fae't he saw it wis aa roostit but itherwyes nae in ower bad o condition. At lowsin time he teen the sword hame an showed it tae Sandy. Nae a bit o interest did he show an sattled himsel mair comfortably in front o the fire in a clood o ash.

The aul man jist shruggit his shooders an propped the sword up anent the waa at the side o the fire thinkin tae himsel the iron wid come in handy for the makkin o new coulters for the ploo.

At nicht Sandy wis far ower lazy tae rise fae the fire an gyang tae bed so gey 'n aften he wid lie faar he wis. Aye but of coorse his mither bankit up the grate wi plenty peats for she didna want her bairn gettin caal. Onywye Sandy wis lyin there waatchin the reflection o the flames hurry across the roof fin he thocht tae himsel aboot the sword his faither hid teen hame. He shoochled his wye ower tae faar his father hid put it anent the waa, bein canny nae tae tire himsel ower muckle. Grabbin the sword he near teen the haan clean aff himsel but by gweed luck it wis but a scrat. He'd get his mither tae look at it the morn.

Noo Sandy as lazy as a boulder wi squarr sides on the side o a hill,did hae some fantasies as he lay in the ashes day aifter day. Mony's the times he thocht himsel a knight in shining armour gyan tae the rescue o some fair maiden lockit in a tower by her cruel faither. Even lazy fowk are alloot dreams! Only thing aboot that particular dream wis because he lay on his side amangst the ashes he wid nivver get tae ken o ony fair maiden that wis stuck in ony tower.

Eventually Sandy slippit inta a deep sleep an dreamed aboot fair maidens shoutin for help. In the dream Sandy, wieldin his roosty sword, wint tae the rescue. He thrashed aboot in his sleep as he focht tae free the golden haired lassies makkin cloods o ash scatter across his mither's bonny scullery. But the dream changed, he found himsel standin in front o a drawbrig. It started tae lower wi loud creaking soons an the clatter o iron chines. Eence it wis fully lowered at the ither eyn stood a wee rat wi a lang spear in its fammil. It lookit across at Sandy an smiled wi its wee black eenies blinkin, then it spoke tae him in a high pitched voice- -

"I am the Loupin loochy
The Devil's jumpin rat
I'll flay yer flesh I'll bile yer banes
An sook yer marra fat,
Fit div ye think o that?
Fit div ye think o that?"

Then wi a michty hop skip jump an twa buck loups it crossed the drawbrig... In his sleep Sandy skirled an in the midst o a clood o ashes his mither wis there sayin "Oh fit's wrang wi ma peer bairn?"

Wi aa the noise he'd waakened the hale hoose. She made for him ham and eggs an a big joog o whisky punch tae mak him feel better. Then she spottit the scrat on his finger.

"Oh ma bairn's haan is nearly aff!" She ran for

bandages and wuppit the muckle scrat up in strips o her very best Irish linen: aa the while, soothin Sandy's fevered broo.

Neist mornin she got an affa begaik fin she found Sandy up an aboot an near passed oot aathegither fin she saw her scullery wis spotless clean. At the side o the fire the peats were stackit neatly an the ashes cleared fae the hairth steen, the fire bankit up wi a cheery lowe tae it.

"Oh michty me!" said she "That's affa bonny!"

Sandy jist stood there wi a big smile ontae his face. His mither wis that surprised tae see foo big a laddie he wis 'cause she very rarely saw him staanin up. Fin his aul faither came in fae the byre at brakfast time an saw Sandy staanin he gaed intae a swoon an fell tae the grun as if he'd been hut on the napper wi a timmer post. It teen twa buckets o ice caal watter fae the waal tae bring him roon.

Of coorse Sandy bein sae good didna laist an aifter a couple o days he wis back tae usual, lyin in front o the fire covered in ashes. But in the twa days or so he'd been movin aboot he'd spent a lot o time wi the roosty sword an tried tae clean the blade wi saft soap an saan but tae nae avaul; the roost widna move ava. Things werena ower good for Sandy though in ither wyes for ilka nicht he'd hae dreams aboot the drawbrig – creak creak clatter clatter it gaed as it lowered …then the wee rat… He'd skirl oot o him an waaken in a cloud o ash as he thrashed aboot tryin tae wun awa.

Nicht aifter nicht he'd dream till he got feart tae shut

his een. Ae mornin as his mither wis cookin his ham and eggs he rose fae the ashes an gave himsel a shak.

"Mither!" says he.

"Aifter ye've cooked ma brakfast I want ye tae bake me a bannock an fry me a collop for I'm awa tae sik ma fortune!"

His aul mither tried sair tae spik him oot o it but nithing she could say wid change his mind so in the hinner-eyn she gave in an did as he askit. Ae me foo she fussed roon her bairn like an aul mither hen preenin her chuckins.

Aifter bosies fae his mither an shakkin his faither's haan he set fit tae the road for it wis tae there he'd mak his fortune an win 'The Crown o Thorns' back fae the Devil. It wis a fine warm day an aifter a half mile or so Sandy began tae feel wabbit an sat himsel doon at the roadside. He thocht aboot gan back hame an forgettin aboot sikkin his fortune for he'd still sax miles tae wun afore he cam tae the sea. But aifter a wee doze he thocht he'd jist cairry on for a filie towards the coast.

Ower the next twa days and a lot o wee naps he'd covered fower o the sax miles. On the third day aboot half throwe the mornin he stoppit for a wee rest ontae a bonny bit wi lush green girss. In nae time Sandy wis snorin awa wi the fine warm sun ontae him. His sword an breidpyoke lay on the grun at his side. As he lay soond asleep the bad dream startit again... creak creak clatter clatter thump.

"I am the Loupin Loochy

72

The Devils jumpin rat
I'll flay yer flesh I'll bile yer banes
An sook yer marra fat,
Fit div ye think o that?
Fit div ye think o that?"

Skirlin an thrashin aboot in his sleep Sandy loupit up expeckin tae see his mither staanin there. Instead there stood a wee aul wifie wi a mutch on her heed and a goon o green wi a bricht reed aapron and the maist wizzent face he ivver did see. She must've been a hunnder if a day.

"Are ye aaricht ma loon?" she speired at him in a croakin voice. "Ye were makkin an affa soon skirlin an thrashin aboot as if Aul Nick himsel wis nippin at yer heels!"

Sandy tellt her he wis aaricht an it wis only a bad dream he wis haein.

"As lang as yer aaricht ma loon I wis jist worried aboot ye!" said she. Wi that she left wi Sandy's thanks comin ahin her.

As far as Sandy could see there wisna a hoose tae be seen so he didna ken fae faar she cam fae. Aifter settin his breidpyoke an sword in place he started eence mair on the road. A fair file aifter, Sandy got tired an hungert so he set himsel doon upon a big steen at the road's side an teen oot a bannock for his denner. As he sat munchin awa at his bannock he heard a movement fae ahin him. Turnin he wis surprised tae see the aul wifie again; she hid his sword in her haan an wis lookin at it closley. Sandy said "Watch an nae cut yersel for it's gey sharp!"

At this she laached saftly an said "Ma loon this sword is as blunt as a coo's goosie an couldna cut its wye throwe hett butter!"

She lookit at Sandy as if she expeckit him tae conter fit she'd jist said but Sandy bein Sandy jist shruggit his shooders an replied "Well I thocht it wis sharp eneuch but I wis surely wrang."

He nivver seen the wee smile cross her wrunkelt face nor the licht o concern in her een at Sandy's words. Tae him says she "Ye micht gie tae me the crummles that faa fae yer mooth as yer aitin that bonny bannock?"

Sandy took a begaik! "Oh michty ye canna dee that wifie! Ye canna eat the crummles fae somebody's mooth!"

And pittin his hand intae his breidpyoke, he pulled oot a fresh bannock and handit it tae her. "I'm sorry but I hae nithing for ye tae sweel it doon wi!"

The aul wifie teen the bannock as if it wis made o beaten gowd. Sandy nivver saw her smile aneth aa the wrunkles nor the licht o appreciation in her een.

"Thank ye ma loon it's affa gweed o ye an dinna fash aboot sweelin it doon."

Wi that she pulled oot fae the pooch in her aapron a wee leather flask full o wine. Aifterhins fin they'd finished aitin an drinkin the aul woman says tae Sandy "If ye wint I could tak yer sword tae get it shairpened by een o the greatest armourers in the hale o Scotland?"

Sandy windered for a second or twa if he'd be deein richt lettin her tak his sword fae his haan? But Sandy bein Sandy an mair than shocked that he should doubt this aul wifie even for a second handit her his sword sayin "Michty wifie that wid be affa gweed o ye tae dee that."

Sandy nivver saw the wee smile for aa the wrunkles nor did he see the licht o trust in her een.

She made awa wi the sword tellin him she'd be back wi it afore the sun gaed tae its rest.

Sandy, wi his belly full ,streakit oot on the fine green girss an allood himsel tae drift aff intae a deep sleep…creak creak clatter clatter… Sandy scraiched oot o him an near burst his thrapple as the Loupin Loochy came across the drawbrig at him wi a hop skip jump an twa buck loups. He waakened covered in swyte an sabbin wi the fear. It wis gey near dark so he sat there shiverin wi the caal in the cool nicht air.

Sandy kent noo that he'd nivver manage tae get the 'Crown o Thorns'for his fear wis ower muckle. There wisna ony signs o the aul wifie wi his sword so he thocht tae himsel he'd let her keep it. Pickin up his breidpyoke an aboot tae leave jist as the aul wife put in her appearance. "Yer nae leavin are ye ma loon?"

75

At this Sandy gaed aa tongue tied but she jist gave a wee smile and handit him the sword. "Here ma loon yer sword is shairp eneuch tae cut the meen fae the nicht sky an quarter it if ye've the mind tae!"

Sandy teen the sword fae her haan an lookit at it; he made tae feel its edge fin the aul wifie stoppit him.

"Na na na ma loon dinna ye be pittin yer haan onywye near tae that edge for it will tak the haan clean aff it's that shairp!"

The sword wis still a bag o roost but the killin edge glistened like diamonds. The aul wifie smiled and her een lichtit wi pride but Sandy nivver seen it for aa the wrunkles. She'd a parcel wi her an oot o't she pulled fower loaves o breid sayin, "I teen the time tae bake fower bonny heich loaves for yer mooth as I awyted the finest armourer in aa Scotland tae pit a killin edge ontae yer battle brand."

The loaves were golden broon in colour an lookit that fine Sandys mooth began tae watter. Says she tae him, "Ye maun hae a spawll o yin if yer seekin but ye maun keep three for yer adventure!"

Sandy takkin her at her word tore a fyang o the bonny breid but afore he put it tae his mooth she stoppit him an bent doon an pulled a haanfae o sooricks (sorrel) fae amongst the lush green girss.

"Here noo pit this on yer breid tae gie ye strength an wisdom."

Sandy fair enjoyed this sayin, "That's the finest breid an sooricks I ivver did taste!"

He didna see her smile for aa the wrunkles nor the licht o pride tae her een at his words.

Takkin leave o the aul wifie Sandy thankit her for aa that she'd deen.. The aul woman smiled throwe the wrunkles an her een lichtit wi adoration but Sandy nivver seen it.

It wis late aifterneen the followin day that Sandy wun tae Tarlair. Spread afore him in the cove were dizzens o tents belangin tae the knights that hid come fae the wide world tae challenge Loupin Loochy for 'The Crown o Thorns.'

The aul wifie hid tellt him aa aboot the wee castle on tap o the rock caad 'The Devil's Peatstack' an sure enough there it wis; a steen built castle wi turrets at each corner wi a big door an a drawbrig. There wis anither rock standin its leen close aside the castle rock caad 'Death's Lum'. It hid timmer steps gyan richt up tae its tap. This wis the platform the knights stood on tae mak their challenge an awyte the drawbrig tae drap so they could fecht Loupin Loochy.

By gweed luck he wis jist in time tae see a knight dressed in a full suit o armour climmin the steps. It lookit tae be a gey chauve tae climm riggit like that but a group o servants gied the knight a haan tae get tae the tap. On the tap the knight hunkered doon on ae knee, said a prayer then stood tae his feet sword in hand an lookit ower at the castle waas.

"Come out, come out lay your arms down I'm here to claim our Saviour's Crown!"

Creak creak clatter clatter thump! The drawbrig wis doon an there stood Loupin Loochy its wee eenies dancin jist like in Sandy's dreams.

"I am the Loupin Loochy
The Devil's jumpin rat
I'll flay yer flesh I'll bile yer banes
An sook yer marra fat,
Fit div ye think o that? Fit div ye think o that?"

Wi a hop skip jump an twa buck loups it crossed the brig and in seconds the knight wis nae mair. A wee filie later sookin soons could be heard fae within the castle waas as the knight's marra fat wis sookit fae his banes.

The aul wifie hid tellt him tae gyang tae a ledge on the left clifftop o the cove. This he did an got tae himsel a richt wee bit tae lie on his side in great comfort. She tellt him ana tae mak a study o aa the combats ower the period o three days an tae waatch an learn. Sandy did this. He waatched an learned. Ivvery noo an then he'd spall a fyang o the fine breid an pooed a haanfae o sooricks that grew in abundance faar he lay.

The aul wifie hid tellt him that sooricks wid gie him strength an wisdom an richt she wis at that. For he could feel power rush through his body an as for wisdom he could see as the knights died in their droves the mistak they were makkin each an ivvery yin o them. Fin Loupin Loochy sang his wee song they'd ging on guard an step yince forritt. That wis their mistak! Loupin Loochy wi his hop skip jump an twa buck loups landit richt in front o them an pierced them through fae ersehole tae brakfast time. Sandy couldna believe fit he wis seein, nae one warrior tried onything else. They follaet their training tae the letter an Loupin Loochy kent the letter.

On the third day Sandy wis ready so he stood up an shook the breid crummles fae him an made his wye doon tae the cove an jined the queue o combatants as they awyted their turn tae face up tae Louper. The front man wid kneel doon,say a prayer an kiss the boss o his sword an mak his wye tae the Death's Lum. Sandy hid been standin wytin his turn fin yin o the knights hid speired at him fit he wis deein staanin there wi a roosty sword an nae armour ontae his body?

Sandy tellt him he wis gyan tae get the 'Crown o Thorns' an that he'd nae need for armour. At this the knight leuch oot loud and in nae time dizzens o ither knights githered aroon Sandy, laachin at him an makkin snide remarks aboot his roosty sword. Een o the knights said he wis seeck staanin in the queue an wid it nae mak sense for aabody tae let Sandy gyang next tae gie them a bit entertainment. So sayin a group o them liftit Sandy an

79

cairried him doon tae the front. Aabody laached an cheered an cheered again. Sandy wis next an ony wisdom he micht hae gained fae aitin sooricks melted like snaw fae a dyke.

He thocht tae himsel he'd tak tae his heels an ging back hame tae his aul mither an faither. But aabody wis laachin at him and pintin at his roosty sword, An ken this? Instead o the fear he started tae get hooerin ill-naitert at them. He thocht o Jesus bein nailed tae a stick an how aabody must've laached at him ana in his misery. Sandy didna dee ony prayer cairry-on .He jist waakit tae his fate the wye Jesus waakit tae the cross.

At the boddom o the lum far the timmer steps were, a crowdie o religious men stood. They were pink faced an dressed in their finest an ilka een wis as fat as swine. Een o them steppit forrit an startit sayin something in a strange language an made tae sprinkle him wi holy watter.

Sandy held up his haan "Na na min I'm nae seekin ony o yer mumbojumbo!" And pushed his wye past tae the fitt o the steps.

In nae time Sandy unencumbered by heavy armour stood at the heid o the Death's Lum. He could hear the crowd ablow cheerin an laachin. This made Sandy an angry man. But nithing happened! He'd expeckit the drawbrig tae lower, he stood wytin but nae a movement did he see The crowd were booin him an that wis fin Sandy mined aboot sayin the challenge. Sandy thocht aboot changing the challenge for he'd nae intention tae follow aabody else.

"Come oot come oot ye Devil's rat. The crown is mine! Fit div ye think o that?

Creak creak creak clatter clatter clatter – thump!

Loupin Loochy jist stood there lookin at Sandy wi' its wee eenies blinkin as if it couldna believe fit it wis lookin at.

The crowd ablow gaed silent as they wytit wi baited braith. Sandy glowered at Loupin Loochy for he wis still an angry man. Meenits passed an nae movement fae Loochy. Sandy hefted his sword as if on guard like he saw the knights dee but he'd nae intention tae fecht as they did. Loochy blinked again an a snarl came tae its mooth. Nae wee sang this time jist a hop skip jump an twa buck loups an he'd crossed the drawbrig but found Sandy hid steppit back twa paces an tae the left so Loochy's spear wint intae thin air.

Sandy wis nae swordsman but he wis strong an hid wisdom. He teen a backhand swipe at Loochy. If the blow hid connected he wid've cut Loochy intae three halves. As it wis he teen aff the pint o Loochy's spear wi a crash o sparks. Loochy backed aff, its wee black eenies fair blinkin. Nae in a thoosan years hid onything like this happened afore. The crowd were gan wild an cheered Sandy as he closed wi Loochy. He teen anither clumsy swipe but the rat sidesteppit it an Sandy's sword cut a lump oot o the livin rock that made the grun shak.

Loochy struck the mortal blow but apairt fae makkin

81

Sandy grunt it did nae damage because the spear hid lost its killin point. Loochy tried tae get back across the drawbrig tae get anither spear but Sandy wis there blockin its wye. Loochy got real workit up an tried ivvery trick in the book tae wun by Sandy but ilka time Sandy blocked him. He micht be the Devil's jumpin rat but aifter aa it wis still jist a trappit rat.

It wis the gloamin fin Sandy put an eyn tae the combat. He'd lang realised that Loupin Loochy needed the length o the drawbrig for his hop skip jump an twa buck loups so he kept him fae it. Loochy wis girnin wi the foam fleein fae its mooth fin it tried a buck loup. Sandy wis ready an swung the sword as Loochy jumpit. Fin the roosty sword made contact there wis an almichty squeal and a blue lowe.

The grun shook an the sky changed colour as lichtnin flashed and thunder rummled aboot the cove. The folk aa cooried doon in prayer an some set up a wailing. A wind rose and as Sandy watched, Loupin Loochy's castle slowly turned tae dust. Eence the wind hid blawn awa fae the castle Sandy could see the 'Crown o Thorns' sittin ontae a plinth.

The crowd by this time were gyan gyte cheerin Sandy as he crossed the drawbrig tae claim oor Saviour's crown. By the time he got doon fae the lum Sandy wis mobbit wi fowk wantin tae touch 'The Saviour's Crown' but Sandy kept them at bay wi his roosty sword shoutin "Avast there!"

They pairted tae let him throwe. The religious men an knights were standin there by the hunnders offerin him cairt loads o gowd an jewels, lands an titles for the crown but Sandy jist shook his heed an waakit by.

That nicht Sandy waakit wi the Crown tae the Holiest place in aa Scotland, Aberdour Bay. At the dawnin o day he arrived at the ancient kirkyard there. Gyaan in, he made his wye tae a certain tomb an faa should he meet there but the aul wifie staanin wi the saat tears rinnin doon her age wrunkled face.

Athoot a word Sandy haandit her 'The Saviour's Crown.' He nivver saa the tear stained smile nor the licht o adoration as she teen it fae his haan. She gaed tae her knees in prayer then stood up an waakit tae Saint Drostan's tomb an laid the crown on tap. There she said mair prayers and as Sandy watched the crown slowly disappeared fae sicht.

The aul wifie rose tae her feet and pickit up a wee widden cross aboot the size o her haan. It wis made o rowan and wis fixed thegither wi een o the thorns fae 'The Saviour's Crown.' Fin she turned roon tae Sandy she smiled wi the licht o true love in her een, but this time Sandy saw it. Nae one wrunkle could he see on her bonny face and Sandy's een lichtit up wi pure love at the sicht. Sandy hid gotten the greatest gift ony man could ivver wish for. A bonny wee lassie he could spenn the rest o his days wi in love and contentment.

The Glens o Syne.

Wully Smaa wis een o the Tinker clan. He come fae the Cyack in Buchan far he wintered intae an aul cotter hoose at Rivenstipe and traiveled the highways an byways o the Noreast fae the month o Mey till near the start o winter.

His real name wis Wullie Brochan but on accoont o him bein sae lang aboot the back an there bein sae mony Wullies among the Brochans aabody jist caad him Wullie Smaa. In his mid twenties he wis strong and gey fit an it wis because he wis sae fit he ayee came up here tae the Cabrach tae dee a bit o skipperin. Noo for them that dinna ken fit skipperin is I'll jist set ye straacht at the ootset.

At the time I'm tellin ye aboot a lot o Tinkers wid ging skipperin jist aboot the eyn o September. It wis usually the unmairried loons that did it. They'd range far an wide collectin the rubbit skins fae fairmers, gamekeepers, cotters and shepherds. The skipperin bit wis the reason only single loons did it because they wid bide in barns an sic like. That's fit skipperin means mair or less- sleepin roch.

Onywye Wully wis here in the Cabrach wi that in mind, the last season hid been een o the best he ivver mined on and this year he planned tae cross ower tae the Glenlivet an micht even tak a look up at Mortlach. He wis usin the same wee fairm for his base as he did last year. The man that hid it wis an affa fine chiel an let Wully use a corner o his byre tae store the skins he collected. Scorranclach sat at the bottom o Glenfetter an wis the maist fertile bit o grun for miles.

The fairmer gid by the name o Rab Thain, a wee stocky bit man wi a reid mop o hair an a cutty forivver stuck intae his moo. They newsed for a fylie an syne Wully teen his leave tellin Rab that he'd be back in aboot a wiks time. He aye teen his bike wi him fin he gaed the skipperin for it wis handy for hingin the skins he got up the glens. Nae only that but the bike wis fair handy for cairryin his pack o swag that wis full o bogey roll, spunks, pipes an ither things a shepherd in the back o ayont micht nott. But best ava wis the wee timmer box that held his Sunray melodjin.

Wully wis a fair haan at the box an fun it een o the handiest things a body could tak up the glens for the shepherds were fair stairved o music an wid dee onything tae garr ye bide a nicht or twa. Whit a skins he'd gotten the year afore mair or less for the takkin because o the box.

A gey fit lad wis Wully tall an raa beened. The hills an glens were nae a problem tae him an even though he couldna ging the bike alang the tracks he noo an then got a wee hurl by stannin on the pedal an freewheelin at ony doon slopes. Mind ye sayin that there wid be little eneuch doongyans on this track for he wis climmin aa the wye. He kent that fae the year afore: even tae him it hid fyles been a bit o a chauve

85

an a lang shove for the bike.

It wis aboot the middle o the day fin Wully cam tae the mooth o a side glen that he'd nivver gotten the chance tae gyang last season so aifter a bit rest at the burn o Letterach he started up the side glen. There wis a bit o a track so he held tae it, he could see it wis made by sheep for the pints o the heather hid been grazed at eether side.

Ae thing aboot the Cabrach if ye saw the signs o sheep, there wid maist likely be a shepherd's bucht somewye aheed o ye. He caad awa wi that thocht in mind but by a half mile or so he began tae realise that this wisna muckle o a glen.It wis mair like a balloch wi sheer sides and gey narra at bits. A wee runnle o water cam doon the middle o't an the path criss crossed it makkin for a fair yoke wi the bike.

Up aheed he saw the balloch kinkit tae the richt an lookit as if it wis even steeper. He thocht tae himsel that he'd hud gyan for a file langer at least as far's the neuk. But michty Wully fun it a fair yokin, an swack though he kent himsel tae be, by the time he reached the neuk he thocht his legs wid gyang fae aneth him. Pechin sair he wis gled tae lay the bike on the heather an sat himsel doon. He could see the balloch noo opened up a wee bit as it held tae the richt an even better the slope livellt aff a fair bit so the goin wid be easier.

The place he sat must've been a well at some time in the past because the watter wis bubblin up fae ablow and ran

86

ower a puckle steens that were man made by the looks o them. He scrapit een wi his fit tae tak aff the green goore and saa a holy cross rochly carved intae the steen. At the tap wis an ee an some words he couldna mak oot affa weel. It must hae been a holy well awa back and michta been that fowk made their wye up here for cures or jist tae pray. He kent weel eneuch aboot holy wells for he'd seen plenty as he traipsed the country roon but he'd nivver seen ony wi carvins like this yin The watter wis fine an clear so he teen a drouth o't tae slake his thirst.

Aifter a wee fyle Wully set fit on up the wee glen because that's fit it turned intae, the sides werena sae sheer an the goin wis a lot easier for pushin the bike. His spirits liftit a bittie fin he saa a decent eneuch track and the rowan trees scaittert here an there up baith sides o the glen. There wisna ony signs o habitation though as yet but he could see a twa'r three sheep heich up. Aifter aboot anither oor o waakin on the easier trail he wis beginnin tae winder if he'd deen the richt thing comin up here. He could see a mist rollin doon the glen an felt the temperature start tae drap. A fyowe meenits later an he could barely see his haan afore him. Noo naebody wints tae be caught oot on the heich grun fin a thick mist comes doon especially if yer nae acquant wi faar ye are..

Wully kent he'd hae tae cairry on throwe it for there wis nae gan back doon the dangerous balloch an him nae able tae see. He teen it gey canny but the trail that hid been sae clear only meenits aforehaan seemed tae peter oot aathegither and he eynt up waakin throwe heather an big steens. Kennin that he'd wannert fae the trail he tried tae backtrack but tae nae avaul. Well, well he'd jist hae tae bide faar he wis until it cleared.

He sat doon faar he steed an pulled a puckle heather aboot him that wid keep the caal oot for a fyle onywye. The mist didna bother Wully for he'd been caught like this mony a time, but the thing that did garr him worry wis the stervation caal that hid gotten as bad that he startit tae chitter. Noo this only bein the month o September there wis nae wye it should be this caal. He pondered ower this for a fylie an that wis fin he heard the dog bowffin awa in the distance. Wully wis pleased tae hear sic a soon for that meant that a shepherd must be aboot. He shouted tae tak the dog's attention an in nae time the dog cam oot o the mist an ran inaboot wi it's tail waggin.

Wully petted the dog an whit a bonny craiter it wis:;a black an fite collie wi the bonniest wee facie he ivver did see. It started rinnin aroon him wi it's tail still gyan then it started tae nip at his heels the wye collies dee fin they're drivin the sheep. Wully kent fine fit it wis up tae so he teen his bike and gaed in the direction the dog wintit him tae gang. In nae time he felt the track aneth his feet an fae there on the dog ran in front then wid come back and repeat this action.

Aifter a fair bit the dog led him tae a shepherd's bucht that wis a simple squarr biggin wi a sod reef and he could smell burnin peats. The dog headed for the side o the bucht an crawled throwe a wee openin intae the biggin. Nae lang aifter an aul man cam oot at the door. He wis riggit in hamespun hoddin grey breeks an jaicket wi a reed Tam o shanter on his heed.

"Michty min fit are ye deein wannerin aboot up here in sic weather?"

He'd a couthie smilin face an athoot anither word beckoned Wully inside. The bucht wis jist ae room simply furnished wi a table aneth the only windae he could see, in ae corner a big black timmer press an alangside it a washstaan wi a big blue booie an a joog. The fire though teen Wullies attention wi its bleazin peats piled high and unusual for the normal shepherd's bucht: the fire wis anent the waa an hid a timmer hingin lum. Aa ither buchts he'd ivver been in hid nae sic a thing , only the fire on a hearth in the middle o the room an nae lum tae let the reek oot. A big deese stood at ae side o the fire an lookit as if it wis made oot o sods but at the ither side there wis a big aulfashioned cheer wi a high back an sides that wid nae doot keep oot the drachts in caal nichts. A cloot lay infront o the fire an the dog sattled doon noo, snuggled up on it an gaed tae sleep.

The aul man wis full o questions tae Wully speirin at him the fit's an it fit wye's an foo's. At the same time he pyntit tae Wully tae sit doon ontae the deese afore makin him a caapfae o toddy. Takkin the caap fae the aul man Wully wis thankfu for a gweed drouth o't an felt it deein its work as it heated his cheeled beens. The aul man gid by the name o Hebbie Gow an hid bade aboot here aa his days. Wullie tellt tae him aa the news fae aboot the glens for he kent fine the shepherds were aye hungry for news aboot the ongyans o fowk they ken. Fin it came doon tae the reason for him bein up the glen Wully tellt him he wis aifter rubbit skins but Hebbie hid nae sic thing and said it wis only noo an then his dog wid come in wi yin for their supper.

The aul man speired o Wullie if he wis een o the Tinkler lads that eesed tae bide aboot the Bin. But naa Wullie wisna o that clan- he cam fae anither clan farrer awa nor that . He hailed fae the Buchan at a place caad the Brunty aside Knaven. Aifter a big caap o pottage an anither een o toddy Wully felt in affa gweed fettle and him an Hebbie got doon tae spikkin music an in nae time Wully hid oot his box.It wis his pride an joy, a Hohner Sunray wi twinty base.

Seen the bucht wis fulled o music an the aul man's face beamed as he listened tae the tunes. "Michty me loon ye can fair mak that thing stott!"

An in a meenit he teen doon aa aul battered fiddle fae the heed o the big press an jined in wi Wully. They played for oors an they only dauchled fin the aul man lichted the fir cannle tae pit some licht on the ongyauns an of coorse tae hae anither sup toddy. Wully let him hear some o Scott Skinner's tunes an michty they gaed doon weel: he'd nivver heard ony o his stuff afore. He in turn played tunes by Gow an Marshall- some o them though Wully hid heard afore and could jine in wi.

Aifter a gran nicht the aul man bade Wully tae sleep on the deese an gave him a thick blanket made o hamespun an biggit up the fire wi a load o peat. The aul man gaed tae the back o the room faar there wis a bun-in-bed wi doors on it, itsel jist like a big press but on its side. Wulliy wis jist aboot asleep fin the collie cam up aside him an cooried its wye aneth the blanket but Wully wis far ower tired tae bother and jist left the craiter happit wi the blanket. The neist day wisna ony better regardin the mist an Wully wis fairly stuck; the aul man though wis rale chuffed for he enjoyed Wully's company an widna complain o a fylie langer.

So that day Wully helpit the aul man aboot the place, takkin in peats an gettin watter fae the wall. The collie stuck tae him like glue, its tail gan ivvery time he peyed it the least bit o attention. The dogs name wis Loochy an Wully got a laach at that because a loochy in Cant wis a rat. Bit whit a clivver dog Loochy wis seemin tae understand ilka word said tillt. Wully asked the aul man if she ivver hid pups could he get yin, a female of coorse. He promised Wully that he'd get the pick o the litter.

Aboot the middle o the mornin things got a gey bit

waar witherwyes fin the snaw startit, an in nae time the grun hid a fair coatin lyin on't. Wully didna like bidin aitin mait fae the aul man but michty fin he let that een slip the aul man gaed tae the big press an showed him that there wis plenty mait there tae laist months.

Wully felt a bit better seein that the aul man widna be left in stairvation if he'd tae bide for a few days ower the heeds o the snaw. That nicht the music got gyan again an their fingers were fair swaak due tae the toddies an the news inatween.

Anither three days were tae pass afore Wully teen leave o the aul man. He promised he'd come back the neist year wi twa'r three reels o strings for his fiddle. It wis a sad pairtin fae that place.He'd been trickit wi the aul man's company an he could see by the look on Hebbie's face that he felt the same aboot it.

Loochy led him farrer up the glen tae faar the aul man said he'd find a clear path back doon ontae Glenfetter. He said there wid be nae snaw there because o the wye it faced awa fae the north. Loochy led him richt tae the path an startit bowffin as if tae tell him so. Wully bent doon an clappit Loochy, gie'in him a bit oatcake that he snappit up. He gid Wully's haan a lick then took aff back tae his maister.

Wi a sair hairt Wully made his wye doon intae the Glenfetter an made up his mind that he'd jist haud back doon tae the fairm at Scorranclach an pick up the skins he'd aaready left there. By the time he got doon tae the fairm it wis mid aifterneen an for some reason it felt as if he wis gan inaboot tae a strange place, something seemed different tae him, something he jist couldna pit a finger on.

Athing lookit the same as he mined an then he saw that, in the fyowe days he'd been awa the fairmer hid pitten up a new shed at the side o the hoose. He chappit at the door an Scorranclach's wife came oot lookin gey doonhairtit an speired at him fit he wintit. He askit if her man wis aboot but tae his surprise she burst oot greetin an said he wis deed. "O michty quine faan did this happen?" She dried her een an telt him he'd been killed in the war. "War? Fit war?" She lookit at him strangely as if he wis a feel.

"The Great War- the war they focht in France!"

Fin she saw the look ontae his face she teen a bit o peety on him an speired him tae come inside.

Wully hid nivver met Scorranclach's wife so he didna ken if she wis even the richt person but fin he saw the photie o him an her on the mantlepiece he kent at least that bit wis richt eneuch. She tellt him her man hid been killed at a place caad the Somme in October 1915. At this Wully near took a dwam. Fin he cam tee a bittie, he speired at her fit the date wis. She nivver lat myowte but gaed tae the dresser and handit him the People's Freen. On the tap o the page wi a thumpin hairt he read Tuesday 17th September 1920.

"Na na this canna be richt I've only been awa fae here

93

fower nichts an it wis the month o September 1913 an yer tryin tae tell ma it's 1920!"

She burst oot greetin eence mair sayin, "It's true I'm nae tellin lees My Jock is deed an this is 1920!"

Wully kent then he'd hin the comehither on him and that the aul mannie must've been een o the Gweed Fowk. He'd kept him for syven years an a day for that is fit is said; there is ayewis a day added tae the years- that is your day! Aa but Wully widna rest easy until he kent fit hid been gyan on so he askit the woman if it wid be aaricht tae leave his bike in the byre.

He startit up the glen again an this time wi nae bein trauchled wi the bike he made gweed time. Aboot an oor later he cam tae the wee side glen an made his wye up. He'd rest fin he reached the holy well an nae afore! The aifterneen wis weel on by the time he cam tae the well but that didna maitter. He hid tae prove something tae himsel. He lookit aroon for the carved steen an sure eneuch, he saa the marks he'd made wi his fit scrapin aff the goor. Nae wye hid syven year gin by or his marks wid be awa lang syne.

He sat doon for a meenit or twa afore he set aff eence mair up the glen. There wis nae problem this time tae get this far up for nae mist cam rollin aff the hills. He found the shepherd's bucht athoot ony trouble an fin he did he near fell awa. The bucht wis still there richt eneuch but in ruins, the waas were tummled doon an the sod reef hid faaen in. Nae

94

fowk hid bidden in there for mony a lang year.

Steppin inaboot tae the bit faar the door hid been he saa something lyin there that made the hairs on the back o his neck staan straacht up.It wis the finger boord o the shepherd's aul fiddle. Wully pickit it up kennin fine as he did that it wis the fingerboord because o the beaded mither o pearl inlay on the edges. A raik aboot aneth the faaen in reef an he fun tunin pegs, an the broken body o the fiddle wi the bow alangside. Time an wither hid ruined the wid but he githered up aa the bits he could fin an carefully wuppit them in his jaicket.

Sadly Wully startit doon the glen wi his treasure. Faa the aul man really wis he'd nivver ken, that he'd been wi the powers o darkness there wis nae doot. But michty he'd been fair trickit wi the aul man's company an felt that sair made that he'd nae get anither chance tae play sic gran music.

A dog barkit in the distance makkin Wully winner if it wis Loochy barkin but na it wis only anither dog nae doot wi it's maister takkin in the sheep. Something powkit his leg an there wi it's tail waggin stood Loochy. He clappit her an held a work wi her an fin he lifted his ee up the trail, there stood the aul man wavin doon tae him. He stood up straacht an made tae walk up tae the aul man but the dog growled an pulled at his breeks tae hud him fae gan up. He understood so waved tae the aul man an turned back doon the glen wi Loochy leadin the wye.

The dog nivver left him an teen him richt doon as far as Scorranclach then sat at his heel as if tae say "I'm bidin"! It seemed that Wully noo hid a dog so he petted her an lookit intae her bonny wee facie an felt fair kinichtit. Layin his jaicket doon he unwupped it tae tak oot the puckle bits o the aul man's fiddle but instead o bits it wis whole an the varnish wis gleamin. Wully pickit it up; he wis a box player an he'd nivver tried the fiddle. Could he play? So he pit it aneth his chin like he saa the aul man dee an liftit the bow an...?

The Twa Loons.

A h'm tellin ye this is the same kine o sheen that pirates wore hunners o years ago!"

"Awa ye go! Yer mither bocht them oot o D & Es ower in Banff!"

So the argument had been gaan on now for maist o the wik.

"Ah'll bet you could dee wi' a pair o sheen like this? Eh?" said Johnny to Billy.

Billy looked on outwardly indifferent as Johnny polished the buckles of his shoes for the thousandth time.

"Look at that! See how they shine? If you hid a pair o shoes like this we could play at pirates!" said Johnny trying to tease Billy.

"I dinna wint a pair o shoes like that...they're weemin's shoes onywye!" he said hardly managing to keep the jealousy out of his voice.

Billy didn't mention that his mother had been over to D & Es for a pair too but had been told there had only been the one pair, and that had been for an historical window display.

Johnny knew Billy would love a pair and did his utmost to make him jealous.

"YO HO HO and a bottle o rum..." sang Johnny as he swaggered about the drying green... "Fifteen men in a dead man's chest yo ho ho..." pulling on the clothes line as if hoisting the mizzen.

"Oh! Ah've got dust on ma buckles Ah'd better clean it aff!"

"Aye ye'd better clean yer weemin's sheen!" shouted Billy fae his favourite seat on tap o the coalbunker. "Abody will laugh an caa ye a sissy for haein sheen wi buckles on them!"

Johnny decided tae let that one slip, intead he said "Let's ging doon ti the hairbour wi the linies... maybe a pirate ship will sail in for supplies an I'll be be teen on as een o the crew seein that I've got pirate shoes."

"Come on en..." says Billy jumping down from the coal bunker... "Let's get the linies an some worms."

Off they went tae the shed for their linies and Billy reminded Johnny "We'll need a jar for the worms."

"I'll get een!" and Johnny's off into the house. A minute later he came back with one of his mother's jars she kept for her summer jam.

"Ah've got een. Faar's the spaad?"

He found it and handed the spade and the jar to Billy.

"You dig em up!" he commanded.

"Fit's wrang wi you..? Fit wye div you nae dig em up?" asked Billy.

"I canna dig em up Ah've ma fancy sheen on!"

Billy gave in... "Gie's a hud o't."

98

Soon they'd enough worms and headed for the harbour.

Settling down at their favourite spots they soon were lost to the excitement of fishing. Between the boys there was a great deal of competition while fishing. Billy favoured the end of the pier while Johnny preferred where the pier joined the fish market.

After a good while Johnny shouted, "Look at that!"

Billy heard and came running over thinking Johnny was onto a whopper. "Look at that!" ... "Fit? Far aboot?" asked Billy looking into the water.

"Look div ye see that? See the wye the sun reflects aff ma buckles?"

Billy's mind was torn back from contemplating a huge fish to the soul destroying envy of the pirate shoes.

"Wid ye shut up aboot yer wifie's sheen? Did ye see the wye abody looked at yer feet fin we come doon the road?"

"Aye Ah noticed! at's because they'd been thinkin at lad must be a pirate; - he's got pirate's sheen on," answered Johnny.

Billy getting really jealous came back with, "It's nae fit they were thinkin, I heard them sayin as we passed."

"Look at's a jessie, he's weerin wifie's sheen... an he fair thinks he's a pirate."

"Pieces o eight- pieces o eight!" squawked Johnny mocking Long John Silver's parrot.

Billy retreated to his favoured spot and continued

fishing.

Now and then "Yo ho ho and a bottle o rum!" would come from Johnny's end of the pier.

About an hour and a lot of black thoughts later he heard Johnny shouting. Looking round he saw Johnny gesticulating with his arms and hopping about on one foot.

Billy ignored him and continued fishing.There was no way he was going there to be told the sun was reflecting off his shoe buckles. But Johnny carried on shouting so Billy ran down to see what was wrong.

Johnny in a terrible state said "Quick min- get yer line - een o ma sheen's fell intae the hairbour,- hook it afore it sinks!"

Sure enough there it was floating in the water with its buckle shining bright. "Use yer ain line." said Billy. "I canna- it drapped intae the water ana!"said Johnny.

By this time the shoe began to sink, water getting in where the buckle was attached. The buckle grew green as the shoe slowly sank to the bottom of the harbour. Johnny by this time had virtually broken down gasping "Ma shoe! Ah've lost ma shoe- mither will kill ma-!" and started to bubble.

After wandering about aimlessly for a few minutes, he gathered his thoughts and decided against diving into the harbour because he couldn't swim. Instead he began walking up the road, or hopping would be a better description.

Billy followed on with a grin like a Cheshire cat;

completely satisfied with what had happened thinking to himself 'Yo ho ho and a bottle of rum'.

A boy shouted "HEY! That lad's only got ae shoe on hahaha!" Johnny shouted a profanity and gave chase to the boy. It's strange to witness someone running with one shoe on – slap- pad- slap-pad- slap-pad until he stubbed his toe on the pavement and was rolling about on the road holding his injured foot and letting out a string of oaths that would've made a real pirate blush. As it was the height of summer the street was crowded with holidaymakers most of whom had stopped what they were doing to witness the proceedings.

Sitting on the road was a blond haired blue eyed boy that looked as if butter wouldn't melt in his mouth letting go the most obscene curses they'd ever heard. They were aimed at God, the devil, the harbour, the road and above all something that sounded like "wifie's sheen onywye!"

At the other side of the road sat another blond haired blue eyed boy with the same butter wouldn't melt in his mouth looks with the tears of laughter rolling down his cheeks. Billy underlined the whole episode with "YO HO HO and a bottle o fuckin rum!" hahahaha!

The Glowerin Yaks.

Ackers led the horse up the hill at the side o a lonely glen aboot the Cabrach wye. Fin they come tae the heed o the glen the road wis a wee bittie wider at this point and there wis a wee green bit jist aff the road. There wis enough room for the wagon tae pull aff and leave room for anither cairt or wagon tae pass.

Wi darkness comin doon Ackers decided they'd mak camp there for the nicht. He wis jist aboot tae lead the horse in fin an affa racket got up alang the road a bit. It soondit like somebody wis draggin chynes ahin a horse gan at full bat. A black shape came tearin past him makkin his horse shy and it teen aa his strength tae haud it fae makkin a bolt.

Onywye aathing sattled doon aifter a meenit but the horse wis gey chauvin kine wi its lugs staannin and its een lookin wild. His wife Becca and the bairns were oot o the wagon by this time winderin fit aa the commotion wis aboot. Ackers didna let on aboot the black shape and as his wife said nithing aboot the soon o chynes he jist let it be and said "Ach the horse got spookit at something!"

It wis fin he wis soothin the horse that Ackers noticed in the shaddas at the bottom o the glen fit lookit for aa the world like a nun waving up at him. Strange, thought he "Fit wye wid a nun be doon there at sic a time and it comin doon dark?"

He shouted on Becca tae come and hae a look. Fin she saa this she said " Oh me me there's something queer gan on here!"

She wintit tae move on but Ackers widna hear o't pyntin oot that it wid be pick-mirk in a wee filie, an onywye this micht be the only decent bit tae pull in for miles. Aifter their fower bairns were fed and beddit Becca sat a file at the fire an Ackers gaed tae pull some grass fae the 'lang-park' tae gie the horse.

That nicht though, Ackers couldna sattle affa weel an neither it seemed could the horse. It chauved and clappered its feet as if its queets were itchy. As Ackers lay in bed he wis still tryin tae work oot fit hid come past him earlier on. It seemed tae him that it lookit like the form o a black bull but the mair he thocht aboot it the mair he realised he'd been able tae see throwe it. But mind you sayin that the draggin chynes were rale eneuch by the noise they made an the sparks fleein fae them!

He must've dozed for he awoke in the early daylicht. This wis Ackers' favourite time o day so he rose quaitly so's nae tae waaken his wife and bairns an slippit oot o the wagon. It wis a fine saft mornin wi a heavy dew stickin tae the girss. He'd a quick look at the horse and it wis grazin awa quite contentit nae signs o the skittishness o the nicht afore.

Lichtin his pipe he waakit back tae faar he'd gotten the

103

fleg wi the black bull and lookit for signs on the grun o fitivver hid been. The only marks he could see wis faar his ain horse hid reared up and the tracks o his ain wheels. On seein this the hairs on the back o his neck fairly got jabby. Mutterin awa tae himsel "Shannish shannish!"

He lookit ower tae whaur the nun hid stood waving up at him the nicht afore. The place she'd been staanin wis completely covered in whins, nettles and brummels. In amangst them he could mak oot some waa steens though the whins hid maistly covered them aathegither. That wis faar the nun hid stood and he jaloused there must be a road up tae it fae the ither side. He gey near convinced himsel tae this but decided he'd jist gyang doon for a look.

It wis a gey steep trauchle doon but on reachin the bottom he wis confronted wi a gey near solid waa o brummels and nettles. He tried tae push a path throwe but hid tae stop fin he wis near torn an stung tae daith. Walkin doon the glen for a fair bit afore he found a clear bit tae cross he managed athoot leavin ower muckle o his skin hingin fae brummel thorns.

He walkit back up towards the waa steens fin it soon became evident there wis nae road inaboot ava. If onything, hereaboots the growth wis even mair dense wi bein the side awa fae the prevailing weens that came up the glen. Try as he micht there wis nae wye he could get nearer the ruins. Puzzled an mair than a bit feart Ackers loupit fin his wife shouted doon fae abeen "Fit are ye deein doon there min?"

The licht weel up noo he could see a man dressed in black staanin aside Becca. "Oh bugger it must be the peeler tellin them tae move on!"

He shouted back "I'll be up in a meenit or twa!"

Then tae his surprise Becca shouted doon in the 'Cant' tae get some sticks for there's nae a thing up here tae cause spark or lowe. And mind this wi a peeler nae standin but feet fae her.

It teen Ackers a fair while tae gither some bits o broom an mak his wye back up tae the wagon. Throwin doon the bundle he askit o his wife "Far aboot's the peeler?"

Becca looked at him "Fit peeler?" Ackers said tae her.

"The man in black that wis stannin richt aside ye fin ye shouted doon tae ma!" Becca says "Awa min ye must've been seein things.There's been nae peeler nor onybody else inaboot here!" Ackers didnae argue he jist said "Aye yer richt eneuch it must've been a shadda!"

So sayin he gaed tae yoke the horse an in a fyowe meenits wis ready tae leave this eerie place. The bairns were still sleepin so he didna waaken them. Becca wis neen ower trickit an sayin "We'll hae a cup o tay at least, we're nae in that much o a hurry!"

But the look ontae Acker's face gave the game awa an Becca sparkit up noo, grabbit the reins fae Ackers an led the horse an wagon awa lookin ower her shooder as she did so.

Within aboot three miles they came upon a wee clachan o a half dizzen hooses and a sign proclaiming it tae be Dunghobar.

Ackers pulled up at the smiddy an askit if he could bile his kettle on the coals.

"Aye jist pit it there min," he said raikin the coals tae mak room for it. Newsin awa tae the smiddy Ackers tellt him something strange hid happened back the road. The smiddy wintit tae ken fit bit o the road so he tellt him and also aboot the bull trailin chynes, the nun and the man in black. Ackers wis startled tae see the smiddy cross himsel and tak a couple steps back. He pyntit tae the kettle an bid him tak it fae the coals an leave the smiddy.

Ackers protested but there wis nithing else for it but tae tak his leave. He wis warned nae tae go near anither door in the place but tae leave for he'd get nae hospitality at Dungobhar. The smith walked in front o him still crossin himsel an mutterin prayers as he led Ackers an wagon fae the clachan. Ackers wintit tae tell the smith tae tak a lang lick o his erse but he couldna be bothered for he wis mair worried aboot fit he'd seen stannin aside his wife back at the glen. Ivvery noo an then jist on the edge o his sicht he wis sure he kept seein a shadda walkin at the side o Becca.

It would've been a stretch ayont Dungobhar afore Ackers calmed doon. Becca wis mair than pit oot wi him for he'd nae tell her fit wis wrang. In a soor mood he kennled a

106

fire an set the kettle on the jockey. He wis ayee lookin ower at Becca wi a strange look on his face. The bairns were waakened by this time and playin at the roadside fin inaboot came the youngest laddie an says tae his father "Wha's the man stannin aside mither?"

Ackers near chokit on his tea: recoverin he speired at the bairn fit he lookit like. The bairn tellt him and it wis the self same man he'd seen stannin aside Becca an the same yin he wis pickin up wi the tail o his ee. Dressed in a black suit and the bairn added mair details that his father couldna see. He said the man wisna aul for his face wis young and fite as snaw an his een were reed like hett coals fae the fire. The bairn started tae cover his een "Daddy daddy it's girnin at ma and his face looks affa ill-naitert!"

The bairn ran tae his dad's bosie greetin "The man's lookin at ma. Dinna let him tak me awa daddy!" and beeriet his face intae Ackers' oxter. Becca by this time wis gettin spookit for she wis weel aware o Ackers watchin her. She saw the bairn greetin in his bosie and her man lookin past her "Whit's wrang min? Ye've got the bairn greetin and ye keep watchin ma like I'm feel. Whit are ye lookin by ma like that for?"

The bairn wis cooried in and widna lift ee tae his mither and jist keepit his face beeriet intae Ackers. Wi a muffled voice he said "Oh mammy the man in black is staanin at yer side... the big man wi the glowerin yaks . Oh

107

Mammy Mammy!"

Becca gaed intae a swoon like a toff wifie faas steys are ower ticht. She hut the grun like a tackit and flailed aboot wavin her airms wailin oot o her "Oh shannish shannish wha's the man in black wi the reed glowerin yaks?"

The bairn wis shakkin and clung tae his faither like grim death as Ackers dived ower tae help Becca. The bairn wis lookin past his mither and set up sic a noise "Oh shannish shannish the man in black's staanin ower her an he's girnin at her! Oh me he's gotten mair teeth in his mooth than twa horses!"

Becca fainted clean awa her eenies rollin tae the back o her heed. Wi aa the commotion the rest o the bairns githered inaboot an afore lang they jined in wi their brither's wailin although they couldna see fit he could. Ackers handed the bairn tae his aulest lassie "Here pit him an the ither yins intill the wagon an bide wi them I'll get yer mither!"

Ackers tried tae pick Becca fae the grun an near gave himsel a double rupture. She must've been twinty steen so he hid tae roll her semiconscious body towards the wagon o skirlin bairns. Aifter a gey chauve he got her intae the wagon amongst the terrifeet bairns.

He got the horse gyan as fast as he could awa fae the place. The horse tried tae gallop but she wis aul and the wagon wis a fair wecht wi abody in ower so he pulled back a wee bittie. The foam wis fleein fae her mooth and he wis feart she'd die atween the shafts. The bairn started tae scream oot again "Daddy daddy the shancoul's back and he's leanin in tae reach mammy!"

Ackers shouted tae the horse "Go lassie go!" and the peer aul horse gave her best. Clapperin alang for at least a half mile afore she stoppit o her ain accord wi the braith fusslin fae her mooth an foam fleein like soap. Ackers lookit in the back at his wife an bairns. Becca wis in an affa state and tried tae shush the bairns tae calm them. The bairn wi his een stained wi tears wis lookin oot the back o the wagon.

He askit the bairn if he could still see the man in black. The bairn said he could but he wis far awa noo and jist stood there wavin them back. Ackers mined that witches an demons couldna cross rinnin water and they were stopped in the middle o a wee brig. Becca hid nivver seen the man in black but fin she lookit oot the back o the wagon she could see him staanin way back the road. Becca gave oot a skirl that could've been heard five miles awa an gaed intae a faint again.

As Becca came tee she asked Ackers if the shancoul wis awa. He assured her he wis gone. Later they got a chance tae spik aboot fit hid happened. Ackers thocht it micht hae been the Devil himsel in human form and the nun wis yin o his demons. Becca thocht it wis maybe the black airt that'd been workin or the 'Gweed Fowk' hid put the comehither ontae them. For the rest o the time they travelled the highways &

byways o the Heilands Ackers made sure fin they stoppit for the nicht it wis beside habitation!

The Seven Coins o Kineddart.

J essie Stevens started service in the the mansion of Kineddart. She was only fourteen at the time but it was roon aboot the age that maist lassies gaed intae service in the mid nineteenth century. Jessie was nae stranger tae work wi her being the eldest of a faimily of seven, fower brithers an twa sisters. She had fae an early age hid responsibilities far abeen her years. She felt mair than a little nervous though as she made her wye up the lang gravelled road that led tae the grand hoose of Kineddart.

It didna look that grand tae Jessie- jist a big ugly hoose made of dark steen and even darker shaddas caused by the daylicht strugglin tae push its wye throwe the heavy cloods. She could see the glimmer of licht in some of the mony windaes. At least somebody wis up and aboot. Her meagre belongings aa wuppit up in an aul bit o hodden grey wis aa she cairriet but even little as there wis seemed to weigh a ton as she trauchled on tae an uncertain fate. She made her wye to the back of the hoose and knocked.

***

"Sit down girl!" This was fae the grumpy looking cook. "What did you say your name was?"

"Jessie miss... Jessie Stevens".

"Well you wait here Jessie and I'll go and fetch Mistress Gordon.She deals wi' all new servants!"

Dichtin her hands on her aapron she left the kitchen. Jessie sat looking aroon the place she'd be workin in for at least a year. She had nivver afore seen sic a huge range, the center wis the lowin fire and looked as if ye'd need a barra tae fill it but it wis the fire's surrounds that interested Jessie maist. There must have been a dizzen smaa doors leading tae different ovens and hot boxes. Wyte till she tellt her mither..!

"Well!"

The stern voice dragged Jessie back fae her contemplation of the cooking range tae the here and now. The voice belanged tae the maist crabbit lookin person she'd ever set een on.

"Don't you stand when a superior walks into the room"?

Jessie stumbled tae her feet saying "Sorry Miss"!

The grim lookin wifie wis obviously the Mrs Gordon the cook had gone to fetch. 'A gweed start' thocht Jessie an fin she lookit at the ticht face wi black fish een, her spirits drappit and it took her aa her time nae tae tak tae her heels an rin awa hame.

"I'm not 'miss' I'm to be addressed as Mistress Gordon at all times! Do you understand?"

Jessie nodded and said "Aye mis-- I mean Mistress Gordon"!

Mistress Gordon frowned and turned tae the cook faa wis scutterin aboot nearby.

"Take her disgusting coat and put it where it can't contaminate the kitchen!"

Jessie's hackles gaed up at this. Maybe her coat wisna the hicht o fashion nor wis it in the best of condition but it was clean and nae crabbit black eed hag wis gan tae say as much aboot her coat. She wis on the pynt of retaliating but the cook sensed Jessie's indignation, shook her heed ever so slightly and helpit her aff wi her coat. "I'll put it in the servant's cupboard for just now."

Jessie wis shown her duties. As a lowly 'scullery maid' she'd tae start at five o'clock ivvery mornin and work throwe tae at least ten o'clock ivvery nicht. She was allowed one half day aff each month and that wis ayewis tae be a Sunday. Jessie didna worry ower muckle about the half day as she wis only five miles fae hame and could easily mak it there an back in the time allowed and at the same time she could gie her wages tae her mither.

Mistress Gordon tellt her she would get one pound twa shillings per month, her keep, twa hoddengrey smocks and a pair of work beets. The best bit o aa though wis her room; it was abeen the kitchen in a wee tower and the room wis half roon. She wid be like a lady wi a room o her very ain. Mistress Gordon then tellt her the rules o the hoose- faar she could go and mair importantly for her, faar she couldna go. On nae account were scullery maids to gyang intae the hoose proper; aa her duties were in the kitchen and confines.

And, if for any reason some of the upstairs household were to come intae the kitchen then Jessie would turn to face the wall as a show of respect. Wi her heed buzzing she hoped she could remember aa the richts an wrangs.

Later that day Mr Pirie the soutar came tae the hoose wi work beets for Jessie.They were affa posh lookin and made o the saftest leather Jessie hid ever felt. He hid a few different pairs in different sizes and measured Jessie's feet wi a ruler. 'Size four' he muttered and handed a pair ower for Jessie tae try on. He gave her a smaa heuk tae pull the laces tight. She struggled wi the heuk till Mr Pirie showed her how tae use it richt. She stood up and stampit her feet tae sattle them intae the beets then walkit up and doon a file. They were heaven compared with the worn work sheen that she wore.Her ain were made wi chaip roch leather forbyes the new beets were like the anes that she saw ladies weerin.

Jessie smiled shyly and said to Mr Pirie 'They fit me like a glove.'

He laached and tellt her he wis pleased they fitted weel and wished her mony a gweed mile oot o' them. Mistress Gordon glowered at Jessie but spoke to Mr Pirie. 'You'd better give her two pairs, and if you've any felt slippers two pairs of those too!'

Jessie wis teen aback by this and smiled at Mistress Gordon but aa she got was a withering scowl. The cook winked at her though and said "Yer a lucky quinie!"

Mistress Gordon tellt Jessie tae follow her and teen her tae fit wis called the 'Servant's Common Room'. Fae a cupboard she teen a puckle bundles of clyse and tellt Jessie tae try them on. They were smocks o hoddengrey. She soon found twa that gey near fitted but an oor wi the needle and she'd hiv them perfect. She rolled them up aifter Mistress Gordon checked them and was tellt faar the shewin stuff wis and that she wis tae help hersel tae fit she needed.

"Sit over there by the window to get the best light!"

At that Mistress Gordon left the room. Jessie found fit she nott and in nae time she wis busy shewin. She heard the door open but didna look up but waited for the "Well don't you stand when a superior enters the room!" But it wisna Mistress Gordon but the cook wi a plate of breid and cheese for her.

"Here lassie ye must be hungert-ye've been on the go for oors an' nae doot yer brain must be burnin wi' aa the rules an sic like ye've been getting blethered at ye!"

Jessie smiled "Aye ma heed is sair made tae tak it aa in but I suppose I'll learn foo tae dee athing the richt wye come time!"

The cook tellt her tae lay her shewin doon for eynoo and get some mait! Jessie thankit her for her kindness and soon cleared the plate.

"Michty me quine but ye must've been stairved o

hunger!" said the cook fin Jessie returned the plate tae the kitchen. "Here ye'd better hae some mair!" and afore she kent it her plate wis filled again. "Wid ye like a bowel o milk tae wash it doon?"

For the rest of that day Jessie helpit the cook in the scullery deein general cleaning an helpin tae prepare the vegetables for that nicht's supper. The cook tellt her there was neen of the faimily in residence at the moment but Lord Braco wis expectit up at the weekend fae Edinburgh. She said it would gie her time tae learn the wyes o the hoose afore ony big denners or pairties were held.

Her first job in the mornin wis tae bring as mony bucketfaes o coal as the bink at the side o the fire could hud. The cook teen her doon tae the cellar tae show her faar the coal wis kept and by the gutterin glimmer o the lamp it wis a gey dreich lookin place wi its coomed ceilins. It put Jessie in mind o the story o the catacombs ablow Rome faar the Christians hid fae the Roman sodjers. At least though she widna hae tae cairry ilka bucketfae up the lang windin steps for there wis a thing the cook caad a 'dumb waiter' like a wee cupboard wi a door on't. It could hud sax buckets and eence fulled aa Jessie hid tae dee wis ging back up tae the kitchen an pull on the rope till it cam up.

The cook said she'd need twa lifts o coal tae full the bink for that day's use. Jessie wis neen worried aboot gettin the coal but the only problem for her wis the thocht o comin doon here in the early oors o the mornin. A gey eerie place it wis wi wee steen arches gan awa doon intae the bowels o the place. Her faither hid tellt her it wis eence a castle but hid been destroyed by the Bruce tae stop the Anglish fae usin it lang syne awa back in the days o yore. Jessie gied a bit shudder fin she thocht o aa the fowk that must've deet here.

Aifter a fine supper o tatties an neeps Jessie wis teen up tae her room jist abeen the kitchen. The room wis intae een o the towers an wis gotten fae the scullery by a windin stair. The room wisna big but it wis fair neat and tidy wi a wee bun in bed at the squarr side o the room on the curve o the tower there wis the bonniest leedit glaiss windae she'd ivver seen wi coloured glaiss jist like the kirk hid at Eden. The windae lookit oot abeen the kitchen gairden an it wis jist like the room, aa neat an tidy wi twa'r three men workin awa diggin the grun. There wis a kist at the side o the bed for her goods an chattels wi a wee table for tae hud a cannel jist aside it.

Jessie wis fair kinichtit wi the room.This wid be the first time in aa her life that she hid a room o her ain. Wi fower brithers an twa sisters there could nivver be muckle privacy an them aa bidin in a wee cottar hoose the wye they did. Her excitement wis spiled by the hoosekeeper comin in an tellin here that she'd tae keep it spotless clean an warned her that she wid inspeck it ivvery day tae mak sure o that. Wi that she wint back doon the stairs leavin Jessie an the cook lookin at eenanither. The cook smiled an said "Dinna mind her ower muckle ma quine her bark's waar nor her bite!"

***

At five next mornin Jessie gid doon tae the kitchen an raiked up the coals an opened the flap in aneth jist the wye she'd been shown tae kittle up the smoored coals. Jessie wis mair used tae her mither's fire wi its big iron grate that only nott a puckle peats tae get it lowin first thing in the mornin.Wi this thing though ye'd tae gang throwe a puckle different routines tae get the same. But sayin that the coal wis fairly the thing an in nae time, the fire wis lowin ready for her first job getting the kettle on the swye for the tea eence the cook came in.

Wi lantern in haan she made her wye doon the dark dank stairs tae the cellar. She felt the hairs on the back o her neck prickle mair that eence on the wye. Yin o the airches hid a door on it an this wis faar the coal wis stored. Hingin the lantern on the heuk for the job she soon hid the first sax buckets fulled and intae the dumb waiter.

As she made tae tak doon the lantern she thocht she saw a movement tae her richt so she held up the lantern tae cast licht farrer intae the cellar but she didna see onything an thocht it hid been a rat scurryin aboot. Onywye she held up the stairs tryin tae mak on that she wisna feart. A fyowe meenits later she wis back fullin up the buckets again. This

118

time fin she feenished there came a bigger noise like something faain so grabbin the lantern she walkit a step or twa towards the sound. She got a gey fear fin she thocht she saw the shape o a man jist ayont the flickerin licht. Jessie wasted nae mair time but got oot o there as faist as her feet wid cairry her.

By the time the cook came in Jessie wis in a gey state aboot fit hid happened.' Jessie tellt her fit she'd seen or thocht she'd seen. The cook laached and tellt her it hid jist been the flicherin o the lantern oot o the tail o her ee. Jessie wis reassured at this but she nivver saa the scared look on the cook's face as she turned awa.

Onywye as the wiks gaed in Jessie wid gyang doon for the coal ilka mornin. She didna look aboot but jist concentrated on the coal. Ayee she felt though that she wis bein watched and wid feel the goose pimples rise at the back o her neck and airms.

"It's only the flicker o the lamp!" She'd reassure hersel but she still gaed up the dank stairs as faist as she could.

The Laird, his wife and son were in residence but they didna hae ony big pairties; jist a puckle freens noo an then for dinner. Mistress Gordon seemed tae hae thawed oot a bit and wid fyles come doon tae the kitchen for a cup o tae wi Jessie and the cook. Mistress Gordon tellt Jessie aboot Lord Braco being a lawyer doon in Edinburgh and that he wis a richt fine man and affa gweed tae his workers on the estate.

His son wis at university in Edinburgh learnin tae be a lawyer like his father. Mistress Gordon said he wis affa gweed lookin wi blond hair and blue een like his mither,Lady Braco fa wis a gey bit younger than the Laird.

Jessie wis spellbound at the stories Mistress Gordon tellt her. She kent athing aboot the history o the faimily, sodjers, sailors, politicians and ancestors hid focht in countless wars and even een o the Laird's forefathers hid been a pirate on the seven seas.

Jessie hid settled in richt fine and got her half day aff tae wun hame ilka month as promised. She'd gie her mither aa her pey tae help wi the feedin o the younger bairns. Jessie earned as much as her faither in a month aa thanks tae the kindness o Laird Braco faa's policy it wis tae gie his workers a good wage an that wis a rare sentiment at that time fae ony laird in the land.

Ae mornin early Jessie gaed doon tae get the coal as usual but this time made the mistake o peyin heed tae the flichering shaddas at the tail o her ee. She stoppit fullin the coal pails and lookit doon intae the shaddas and that's fin she saw him stannin there nae ten fit fae her. Jessie near skirled oot but it wis the sadness on the laddie's face that stoppit her. She held up the lantern tae get a better look at him. She could see he wis nae muckle auler than hersel maybe aichteen or twenty. Her hairt beatin like a haimmer she askit o him fa he wis. In reply he jist shook his heed, turned and walked awa intae the gloom.

Jessie by this time wis near on her knees wi the fear and got oot o there as faist as her feet could cairry her. Fin the cook came in Jessie tellt her aboot the ghost she'd seen and refused point blank tae gang doon for the coal. Mistress Gordon wis called and she'd little sympathy for Jessie and wid hae nithing tae dee wi the idea o ghosts. Jessie's refusal got her intae an affa lot o trouble and Mistress Gordon docked her pey for as lang as she keepit up refusing tae gyang for the coal. The only sympathy Jessie got wis fae the cook faa made a cup o tea and gave Jessie a hankie tae dry up her tears. The cook widna hae teen a king's ransom tae gyang doon tae that place hersel but she didna tell that tae Jessie.

Een o the men came in fae the gairdens tae get the coal in the mornins but he nivver saa onything strange. This gaed on for mair than a fortnicht until in the hinner eyn wi the cook's insistence Jessie saa sense. Onywye she'd already lost a half months pey and if she didna gyang back doon she'd lose the ither half.

At five the next mornin Jessie lichtit the lantern wi a taper fae the fire an set fit tae the cellar. She gaed doon the steps gey canny wi her knees near bucklin fae ablow her. Soon she'd the first sax buckets fulled. Nae lookin tae the left or richt she made tae gyang up the stairs tae haul up the dumb waiter. That wis fin she saw him stannin atween her an the stair.

Jessie backit awa an near fell in amongst the coal pile. There wisna ony place tae rin besides deeper intae the dark recesses o the dank eerie cellar. She opened her mooth tae scream fin the laddie said in a soft voice, "Dinna skirl Jessie I winna hurt ye!"

That stopped her and she only gave a wee whimper instead. He steppit nearer her and she cooried doon wi her back tae the coal. He held up a haan tae show he meant nae hairm and wi the ither haan he gave her twa coins.

"I'm sorry about your loss of pay because I frightened you, so I hope this will make it up to you!"

He then walked awa back intae the gloom and seemed tae vanish. Jessie a complete gibbering wreck by this time scooted up the stairs covered in coal styoo and tears. Sic a how-d'ye- do set up this time. The cook wis in an affa state at the condition o Jessie and tried aathing tae calm her doon. Misstress Gordon came in and saa straicht awa that Jessie wis in the complete hysterics. Her reaction wis swift and she gave Jessie a stinging slap in the face. That seemed tae calm her doon a wee bittie and atween saichs and sighs she blurted oot fit hid happened doon in the cellar.

The door opened and the Laird himsel came in wintin tae ken fit wis gan on. Jessie repeated fit hid happened and showed the coins tae the Laird. He'd been sittin in front o Jessie. Noo fin he saa the coins he stood up wi a gasp. He asked Jessie if she'd mind him takkin the coins then walked oot and gaed back intae the main hoose. A fyowe meenits later raised voices could be heard as if fowk were haein a row.

A filie aifter that yin o the hoose servants came in and asked if Mistress Gordon would be so kind as to come upstairs to the library and to take the scullery maid with her. Dichtin Jessie's tearstained een and sortin her hair she then tellt Jessie tae run up tae her room and change intae a clean smock. Thus Mistress Gordon led Jessie,riggit but still sabbin, intae the hoose proper.

It wis the first time Jessie hid seen intae the hoose and she wis fair teen aback at the size o it an aa the fancy stuff hingin fae the waas. Paintings, sculptures, swords, spears and shields lined the waas. Suits o armour stood as if there wis men still inside them ready tae chaap ye wi their raised swords. Mistress Gordon hid her grim face on as she knockit at the huge double doors an wytit. Jessie kent she wis gyan tae get the saick for aa the cairry on and she could feel the tears trippin her again.

The door wis opened by a footman an Mistress Gordon ushered her in. It wis a huge room wi the waas lined wi shelves o beuks. In the middle there wis a big table wi wee sloped stands wi opened beuks on them. A lamp burned abeen them. She'd nivver seen a lamp like that afore, it hid fit looked like mirrors tae reflect the licht doon on the books.

Jessie wis tellt by Mistress Gordon tae ging ower tae the table and that's fin she saw the Laird pacing aboot ayont it at the fire. He looked affa troubled but fin he saa the state o Jessie he smiled and tellt her tae sit doon.

Jessie startit tae habber an apology for aathing but he said nae tae worry aboot it and just sit down. Jessie did fit she was bid and sat doon on a high backit chair. Emotions were rinnin riot in her mind and she felt her knees knockin thegither wi fear. Seein how close she was tae panic the Laird spoke softly telling her she wisna in ony trouble. His words put Jessie at her ease a wee bittie and she startit tae relax.

"Now Jessie could you tell me the story again about what happened in the cellar?"

Jessie tried tae spik English like they were taught at school but keepit faain doon throwe it. The Laird said tae pit her at her ease, "In yer ain words quine nivver mind the pan loaf. Cairry on!"

This got a big smile fae Jessie as she visibly relaxed. So she tellt the Laird in her ain words exactly fit happened.

Aifter she finished Jessie could see the Laird wis distracted and deep in thought. Comin tae a decision he went tae a big cord aside the fire and pulled doon on it a couple o times. A fitman came in fae a wee side door and the Laird said something tae him. A fylie later he cam back wi the Laird's son. Jessie's hairt missed a beat fin she saa him.

124

Mistress Gordon wis richt eneuch, he wis really handsome wi pure blond hair and sky blue een. He smiled shyly at Jessie as he sat doon. The Laird wi a grim face on him said tae his son, "Now James I want you to apologise to Jessie for scaring her down in the coal cellar!"

James frowned at this sayin, "I told you earlier father. It wasn't me and anyhow I don't have gold coins like those!"

He pointed to the coins on the table. Jessie interrupted much to the consternation o Mistress Gordon who gave a gasp and was aboot tae gie Jessie intae trouble for her lack o respect fin the Laird held up his hand tae her and said tae Jessie, "Cairry on Jessie fit were ye gan tae say?"

Jessie cleared her throat and feelin the colour rise tae her cheeks she lookit at the Laird's son and said, "It wisna him sir that wis doon in the cellar!" Pyntin at the big paintin abeen the fireplace she said, "That's him there in the paintin!"

The paintin wis o a young laddie maybe aboot twenty stannin aside a chair weerin aul fashioned clyse wi a cane in his hand. The Laird gave a groan and sat doon staring at the paintin as if he'd nivver seen it afore. Jessie froze as she realised she'd done something affa wrang and fin she saa the laddie pour his father some brandy the bottom fell clean oot o her world.

Mistress Gordon wis scowlin at Jessie wi barely controlled anger. The Laird saw this and tellt Mistress

Gordon aathing wis fine and asked her to leave the room. As Mistress Gordon reluctantly left the room Jessie felt like rinnin aifter her. The Laird composin himsel stood up and gid tae a safe built intae the waa and teen oot a wee box and took it tae the table. Turning tae Jessie he asked her tae come ower. He opened the wee box and teen oot a sma leather bag tied at the top. He untied it and cowpit it oot and seven gold coins jist the marra o Jessie's eens rolled across the table.

He tellt her that his uncle gave seven each tae him and his brither Hugh fifty years afore. He'd been a pirate in his youth and had sailed the seven seas in search o Spanish treasure. The coins were doubloons and each yin wis worth a King's ransom as there wis only fourteen o them ivver minted. His uncle thocht as he'd nae faimily that he'd gie them tae his only nephews.

The Laird said his brither Hugh wanted tae sail the seven seas jist like his uncle and wrote a letter saying as much tae his father. Hugh wis nivver heard fae again and that broke his mither's hairt. Hugh wis the auler o the two so he should've been the Laird o Kinedder instead o him.

"And now this!" He handled the two coins fae Jessie deep in thought then lookit up at Jessie.

"Could you show me where you saw the apparition of my brother?"

She nodded and led him and his son doon tae the

126

cellar. She showed them the arch he came oot o and left throwe.

The Laird thankit her and said she was a very brave lassie. Later the Laird and a fyowe o the men fae the gairdens gaed doon tae the cellar. They'd richt funcy lamps wi reflectors on them that the cook said burned a special ile fae sperm whales that burned wi a white licht instead o the yella peely-wally licht that they were used wi.

The laird and his men were doon there maist o the day and Jessie's job wis tae tak mait doon for them so she saa the cellar lichtit up as nivver before. She didna ken fit they were lookin for but at aboot suppertime a shout set up and aboot an oor later the Laird, his son and aa the men came up fae the cellar covered in styoo and cobwebs. The Laird hid in his haan a wee leather bag exactly the same as the yin up in the library. It wisna tied like his yin and fin he cowpit it ontae the table only five coins fell oot instead o the seven that there should've been.

He looked at Jessie and said "We found this along with my brother's remains. He must've been trying to sneak out without letting anyone know. There's a small tunnel that leads out to the old bridge and must've been used in the days this building was a castle, Hugh had been killed when a part of it fell in!"

"Thank you Jessie for solving a mystery that has lasted for fifty years! I can now put my brother to his rest in the family vault at Kineddart kirkyard."

So saying he picked the seven coins and put them in the wee leather bag. He handed them tae Jessie saying, "I think my brother Hugh would want you to have those."

The Enchanted Way.

This happened tae me ae day a puckle years ago, well mair than a puckle years, a gey puckle years ago fin I wint oot for a wee bit wander. It wis an affa hett day in July an I wis feelin a bit peched wi the heat fin I saw a richt bonny wee burn. At ae side the girss wis that green and shaded by a fyowe trees by the burnside. I made my wye tae it for tae rest a while. I sat masel doon wi my back anent a tree. Michty but it wis fine and cool.

If ye sit doon in a place like this and let yersel relax ye start tae tune in tae yer surroundings. I heard the wimplin o the burn as it slowly ran past faar I sat. In the distance I could hear the barkin o a dog and nearer hand the reed bumbees droned aboot the flooers lazily collectin nectar. It wis that hett the bees even teen it canny. The fine sweet spicy smell o the flooers wafted ower me and the grass smelt like times lang past and mined me o fin I wis a bairn playin in the new cut girss.

I jist sat there lettin the sounds, smells an memories wash aroon my mind. Michty I could've deen wi a cup o tae for that wid hiv made aathing perfick. Next time I gyang for a traivel like this I'll full my flask. I teen oot my pipe an kennilt it up an added the fine smell o Condor tae the myriad o scents aaready there. Michty but it disna get better nor this! Mind you a wee cuppy o fine strong tae wid've geen doon a treat aa the same.

"Aye min!"

A deep voice sounded jist aside ma. I shaded ma een fae the dapplin beams o sunlicht comin throwe the trees tae see fa it wis wi the deep voice.

"Gweed sakes!"

I nearly loupit in the air wi the shock fin I beheld the wee mannie fa wis aneth a fit high. He'd a puckered facie wi a stickin oot tap lip. Ontae his heed he wore fit lookit like a Kilmarnock bunnet that wis green as the girss I sat on wi a reed cockade at one side. His pea jaicket wis as reed as the cockade and hid green facings tae it like an aul time sodjer's cwite. His breeks were o broon moleskin and a wee pair o seven league boots came up tae his knees and shone like black glaiss.

The wee puckered facie smiled an it said "That gied ye a fleg ye bugger! Eh? Eh?"

He leuch wi a chortling smittin laach that soon hid me jynin in I managed tae say, "Aye did it min!" Afore burstin oot laachin eence mair.

I pickit up my pipe for it hid fell fae ma mooth wi the shock. He lookit at me and then at my pipe.

"Wid ye hae a bit spare tabacca for ma phiap?"

So sayin he pulled oot a smaa pipe or phiap as he caad it fae his pooch. It wis made fae a half hazelnut wi a bit o strae for a stalk. I handed him my tabacca pooch and watched as his wee fammils teen haanfaes o tabacca an stappit it intae its pipe. It flipped my pooch shut and handed it back gey near teem. I didna think a half hazelnut could haud that muckle?

He pulled oot a flint 'n' fleerish and soon the reek wis yoamin fae its phiap. It lay itsel back on the grass wi a satisfied grunt and startit tae diddle a wee tune tae itsel an its wee fittie tappin oot the measure.

I didna ken fit tae say if the truth be tellt. Fit wid you think?

Here's a wee mannie nae a fit high lyin on the braid o its back sookin a pipe its wee tap lippy gan oot an in diddlin a tune at the same time. I ken fit ye'd be thinkin! Ye'd be thinkin yer gan aff the crump an that yer brain hid geen saft -that's fit ye'd be thinkin. As this wis rinnin throwe my heed the wee mannie leaned forrit and gid me a backhaan slap across the mooth.

"Whit did ye dee that for min?" I said rubbin ma mooth an checkin for bleed. A wee chortle come fae it.

"Jist tae show yer nae gyan aff the crump like yer thinkin. I'm real!"

A wee chortle an a sleekit look tae its face he said, "If ye still dinna believe ma I'll gie tae ye anither wullt on the mooth but a better yin next time!"

I held up ma hand, "Na na it's aricht I believe ye!"

He chortled, "Ah well that's fine then, I'm glaid that's

131

oot o the wye!"

He started tae ficher wi his phiap so I threw him my tabacca pooch again. Then like a fool I askit o him "Are ye a faerie?"

Well its face collapsed in twa haafs an its tap lip stuck oot like an upturned soup speen wi a look o anger on its face that made my bleed rin caal. It girned oot at ma "Dinna you ivver use that name in my presence again or I'll pit a hump on yer back like Bennachie and gie ye a ringle ee and I micht even add a ganch tae yer speech as a wee bit extra if ye do!"

I apologised tae him and askit fit name should I use in the future. He tellt ma they were 'The Gweed Fowk' and that his name wis 'Wee-Ma-Goorie'

He calmed doon aifter that though and its facie turned tae its normal puckered look. For a fair fylie we sat and spoke aboot general things. He speired at ma aboot my life and ither odds an sods but seemed reluctant tae say muckle aboot himsel. Tae change the subject he said, "If I granted ye a wish for the here and now fit wid ye wish for?"

Now aabody wid probably wish for a crock o gold or something like that, ithers wid wish for a hunnder mair wishes. But it disna work like that ava- leastwyes nae fin yer confrontit wi it.

"Weel fit div ye say? It's nae ivvery day a mortal gets sic an offer!"

A wee smile played ower the puckered facie as he sat

awytin my reply. It seemed like a lang time passed afore I said, "Ken this Wee-Ma-Goorie I hinna an answer for ye!" He chortled at this an tried tae tryste a reply fae ma.

"Come on noo! Fit aboot a crock o gowd? That wid mak a great man o ye!"

I shook ma heed. "How could a crock o gowd mak the likes o me intae a great man? Onywye fit wid I need gowd for I'd still be the same feel as I am noo but wi a big bank accoont!"

At this Wee-Ma-Goorie slappit his knee chortlin, "Weel deen yer nae as feel as ye think ye are!" Chortle chortle. "Well fit aboot learnin the fiddle? Ye said nae minutes ago that wis een o yer biggest regrets nae learnin tae play!" Again I shook ma heed.

"How could I enjoy the music if I'd been grantit the ability wi a wish? I'd want tae learn tae play the fiddle by hard work so I can enjoy the music as mine and nae as grantit. And noo at sivventy and my hands buggered wi a lifetime o hard vrocht ahin ma, we baith ken that's nae gyan tae happen, wish or no!"

Wee-Ma-Goorie shook his heed an said, "Michty min but yer an ill bugger tae please."

But he wisna angry aboot it, he'd a smile on his puckered face.

"Aricht Sanners (for that's ma name) listen you here." says he. "Wid onybody miss ye if ye didna wun hame?"

133

I thocht on that een for a gweed meenit or twa and for the life o ma, couldna think on onybody that wid miss ma. Apairt fae maybe a twa or three fowk I eense vrocht wi. My wife hid died years afore and we'd nae faimily.

"Not a soul!"

"Well then" Wee-Ma-Goorie said, "Why nae come wi me tae the 'Enchanted Rath' and there I'll learn ye the fiddle like a champion. Fit div ye say?"

He smiled and said as if tae entice ma even mair, "And I'll let ye come back tae the world o men for one day in every seven years!"

***

Well now that's aboot the eyn o my story. Aifter I've feenished writing this I'll pit it throwe the letterbox o 'The Journal'. I thocht I'd tell ye my story seein as this is my tenth day back in the warld o men.

Wee-Ma-Goorie wis true tae his word and for the past seventy years I've learned tae play the fiddle like a maister. I've composed an affa lot o crackin tunes in the years for 'The Gweed Fowk' but that tunes are nae for the lugs o mortals. But onywye it's time for me tae wun back tae 'The Enchanted Rath' for this day is nearin its eyn. My next day will be July 2023 and I'll post a fair puckle o tunes that mortals can hear next time. "So fairweel for eynoo and lang may yer lum reek!"

134

The Woolip.

There'd been an affa storm on the grun and New Deer wis completely cut aff. Nithing wis movin in the county. Even the trains were stuck at Maud and een derailed at Arnage at the ither side o Crichie. The army hid been called in tae help wi supplies and Norwegian sodjers hid crossed country wi sledges tae bring in medicine and tinned spam tae the village. It wis a gey hard time onywye for sic a thing tae happen and it the middle o a war.

It wis January 1942 afore the supplies started comin tae New Deer again fin the weather hid gotten a wee bittie milder. The snaw wis still lyin in great heaps at the sides o the roads but noo at least folk could get aboot a fair bit better. Wi the railways clear the local shops hid at last got a delivery o the essentials.

Early ae evenin an army larry growled its wye up Main Street and made a delivery tae Dowie's shop. My granda Davy tellt ma Mam and her sister Chrissie tae ging up tae the shop for messages. The blackoot wis still on the go so it wis hard tae see a finger afore them but the quines wun there wye up throwe the weet slushy street athoot ony problem. They got some eerins that were on the rations, a tin o bully beef, een o spam and tae my mither's delight a tin o soya links. Now abody hated soya links but tae my mither they were the hicht o culinary cuisine. Finivver they were

135

served the faimily girned aboot them and shoved them tae ae side. Ma mither nivver said onything nor did she tell them how much she loved them.

Onywye I digress. Mam Jessie and auntie Chrissie were makin there wye back doon Main Street chatterin awa wi eenanither fin Chrissie said tae Jessie "Shhh!"

There wis a queer sound that seemed tae be comin fae ahin them. Woolip woolip, woolip woolip! Fin they stoppit it stoppit but as soon as they moved there it wis again, woolip woolip. It wis as dark they couldna see onything, jist hear this sound. Noo Chrissie hid a mair active imagination than her sister Jessie and by this time she wis gettin a wee bit spooky.

She said tae Jessie, "We're bein followed by a ghost or maybe the Divvel himsel."

Jessie hersel gettin a wee bittie feart did the big sister thing and said "There's nae sic thing as ghosts!"

So they starteit walkin faster and the faster they walkit the faster the woolip woolip got till eventually Chrissie shouted "G H O S T !" and teen tae her heels. Jessie soon followed her sister's example and she teen tae her heels ana. But the faister they ran the faister this woolip woolip cam ahin them. They reached the gate o their hoose and slippin in the slush they at last got throwe it. Chrissie in aa the hash let the bag o eerins faa tae lichten her load tae get tae the door.

The twa o them scrambled tae get throwe the front door howlin wi the fear. Granda Davy cam oot o the livinroom wi the noise. They'd slammed the door ahin them and baith sat doon at the back o't, their chests heavin an swyte rollin doon their faces. Granda managed tae calm them doon eneuch tae hear aboot the ghost that hid followed his lassies.

So oot he goes tae confront the supposed ghost thinkin aa the while that some dirty aul man hid chased his quines. But fin he got oot there wisna sicht or sound o onything so he pickit up the scaittered messages fae aff the grun and gaed inside.

Next day my grunny wis standin in the queue at the butchers fin Mrs Will came inaboot tae her and said, "Ae me Mrs Stewart your twa quines gave oor wee Andra an affa fleg last night. He wis walkin ahin your lassies comin fae the shop because he wis feart kine in the dark. Een o yer quines shouted 'GHOST' and started tae run and so did yer ither lassie. He ran ahin them as faist as he could but wee Andra couldna rin faist eneuch because he'd his faither's size ten wellington beets on because o the slush and him wi only size fower feet!"

The Walk Tae Forivver.

Geordie Dickie wis a bit scunnert ae Sunday mornin. His twa loons and their wives were awa tae the kirk at New Deer. They ayee priggit on him tae come wi them but Geordie wis that thrawn aboot kirks and ministers and ayewis said the same thing.

"Faa needs tae gyang tae a bloody kirk fin a body his aa this?"

Wi ae swipe o his haan Geordie wid tak in the Hill o Balnagoak and Knaven. Accordin tae Geordie this wis Heaven on Earth!

Geordie hid retired fae the fairm fower years afore aifter his wife died and left the rinnin o the fairm tae his twa loons. Sometimes though he got gey scunnert o being retired but ach well he'd jist hiv tae get on wi this cairry on o being the aul mannie. He'd left the servant quine cookin the Sunday denner tellin her he wis awa up the Bogs o Balnagoak for a bit traivel an wid be back at twa for denner. The lassie jist nodded an cairriet on ficherin wi the vegetables in the sink. She saa him cross the close an stop a meenit tae licht his pipe then ging roon the corner in a clood o blue tabacca reek. She didna ken it then but it wis tae be the last time she'd ivver see him in life again.

Twa o' the clock cam and nae a sign o Geordie. The faimily aa sat roon the table wytin for Geordie an by half twa

138

the aulest loon allooet the servant lassie tae serve the denner. He thocht his faither hid met in wi some o his cronies an wis newsin awa forgettin aboot denner. Aifter aboot three an still nae signs o Geordie the twa loons left tae gang up tae the bogs faar the servant quine said he tellt her he wis gyan.

Search as his loons micht, nae a sign could they see o their faither. It wis comin dark or the time they returned. That nicht a boorach o the neebours jined in the search for Geordie wi cannles inside bottles wi the erse knocked oot o them tae stop the breeze blawin them oot. Ithers hid ile lanterns.

That nicht they searched high an low but nae one sign o Geordie wis tae be seen. It wis a cottar lad that found him a corp in a wee corrie fin he wis caain a puckle yowies higher up the hill the neist day. Een o Geordie's loons brocht the constable and the doctor fae New Deer. Doctor Webster inspected the corp: he kent Geordie weel but as far as he could mak oot this wisna the man that he knew. It wis only fin the constable teen the watch fae the weskit pooch o the corp that they found oot faa it wis. A wee shield on the watch chine hid the date o a plooin match etched on it: 'Geordie Dickie first for plooin 1873.'

So this wis fairly Geordie. Doctor Webster hid nivver seen onything like this in aa his forty years as a doctor. Turnin tae the constable he said, "Geordie Dickie wis a big man gey near saxteen steen ah'll sweer yet here lies a man wi nae one craw's pickin o flesh on his body- nithing bar skin an been."

He shook his heed, "I spoke tae him twa'r three days syne intae the toon an he wis fair beamin wi health an in the very best o fettle. Yet here he lies a corp that has aa the signs o complete starvation." He shook his heed again in disbelief.

"This man gaed fae saxteen steen tae half that in the maitter o a day an a nicht? Medically it's impossible, this jist canna happen!"

The constable bent doon lookin at the face made up o slack skin an pyntit tae the mooth.

"Doctor Webster it looks as if he'd been aitin girss!"

The aul doctor started oot o his racin thochts.

"Let ma see!" He teemed the mooth o the corp an found girss an tabacca. "Fit wye wid a man ait girss an tabacca?"

Nithing aboot this made ony sense ava. On the death certificate he put cause o death as 'starvation. He could dee nithing else because that's exactly fit Geordie Dickie hid died o. The constable wis satisfied that the death wisna suspicious, well leastwise nae for his record.

Ower the next puckle wikks Doctor Webster raikit oot ivvery medical book he could get his hands on tae read aboot different illnesses that hid the same catastrophic conclusion as Geordie's. But ivery een that eyndit in complete starvation teen a lang period o time, nae the day and a half as in Geordie Dickie's case.

140

A fyle aifter the doctor heard the local gossip regarding the strange death. Geordie hid been teen awa tae a rath by the 'Little People' and there they kept him prisoner forivver and a day. Seemingly they'd left the skin an beens as a warning tae abody aboot jist fit could happen tae a budy if they didna gyang tae the kirk like Geordie.

"Waggin tongues richt eneuch!" muttered Doctor Webster tae himsel fin he first heard it.

A fair fyle aifter he wis oot on his roons wi the pony and trap fin he passed the Bogs o Balnagoak. There on the green he saw a Tinker's encampment; they cam tae these pairts ilka year fin the yella wis on the breem. Ae sicht stood oot though-the wagon o Banny McDonald painted in aa the bricht colours o the rainbow. Banny wis the herb woman amang the Tinkers an she ministered her concoctions tae cure aa ills. Throwe the years he'd spoken wi Banny a fair puckle times aboot her herbs. Incidentally herbs wis een o his great passions because God had given Mankind aa the cures for illness if only they'd learn mak use o them.

On an impulse he pulled intae the encampment. Some laddies were playin aboot so he tellt them tae gie the pony a drink an he'd gie them a penny. He made his wye tae Banny's wagon an chappit at the door. He could smell something fine cookin inside an his moo wattered because he'd been on the go since early an nae a bite nor sup hid crossed his lips since. Fin Banny opened the door her face

141

lichtit up.

"Oh Doctor Webster it's good tae see ye again. Come awa in!"

In nae time the doctor wis sittin in front o a bowlfae o fine yella scotch broth and a hank o soda breid covered in bonny fresh butter.

Aifter he finished, he pushed the teem bowl fae him as he rubbit his belly an said, "God that wis fine Banny! Sair nott quine, sair nott!"

Banny's een lichtit up at this for it wis a maitter o great pride tae her that her guest be weel satisfied wi her mait. Aifter a fyowe minutes o general conversation Doctor Webster came tae the reason he'd come in by. He tellt Banny aboot Geordie Dickie an the strange thing that hid happened tae him. Banny teen it aa in an sat lookin at him as if in deep thought, which indeed she wis.

Fin he finished Banny seemed tae come tae a decision and started tae tell him a strange story aboot 'The Hunger Stones' and the 'Ancient Yins' that worshipped the stones. They were the folk that built the stone circles that were so widespread in the Buchan.

Doctor Webster questioned, "The Druids?"

Banny smiled an shook her heed. "Na na the Druids only used the stone circles left ahin by the 'Ancient Yins' them that lived here thoosans o years afore the Druids. The 'Ancient Yins' believed that the stones were alive and ilka een hid a sowel that ye could speak tae if ye kent how.. Much o fit they kent is lost tae us in time but some things like 'The Hunger Stones' are still here."

Doctor Webster wisna sure aboot fit he wis hearin but Geordie wis a mystery that must be solved so he'd listen awa athoot sayin a word. Accordin tae Banny the hunger stones were left ahin tae protect their sacred sites and if onybody touched een they were come ower wi a hunger so bad that if ye didna get food ye jist died o starvation in the maiitter o minutes. The aul doctor tellt her aboot Geordie's mooth being full o girss an tabacca an the hunger micht be an explanation tae that.

Lookin at her he speired, "But how could a stone hae the power tae cause sic an affa hunger?"

At this Banny gave a wee bit o a frustrated sigh because she kent fine the doctor jist wisna believin her.

Doctor Webster realising he'd upset her made tae apologise but she put up her haan tae stop him and rising up she gaed tae a binkie at the back o the wagon an brocht oot a wee timmer box the size o a tae caddy and laid it ontae the table. Doctor Webster could see it hid a lock an put oot his haan tae touch it but Banny tellt him tae leave it be. Neist she put the soup pot back ontae the stove an teen oot anither soda breid.

The aul doctor laached an says, "Yer nae awa tae feed ma again quine? Ma puddins are raxed as it is!"

143

But the serious look ontae Banny's face stoppit him fae sayin ony mair. She fulled the bowl o broth and laid it an the soda breid on the table. Neist she teen a key fae roon her neck and unlocked the wee timmer tae caddy. Afore she opened it though she said tae the doctor that within wis a 'Hunger Stone' and he wisna tae touch it till she said.

The aul doctor gave a half nervous smile but he still wisna convinced aboot the idea o 'Hunger Stones' but he also knew Banny wis a herb doctor and a wise woman that came fae the Tinkers and they kent things way beyond the rest. She opened the wee box and inside it on green baize cloot sat fit lookit for aa the world like a lump o flint aboot the size o a spurdie's egg but nae the shape.

He lookit up at Banny and could see she lookit as nervous as he felt.

"Fin yer ready jist touch it the once an then I'll close an lock the box again!"

Doctor Webster gingerly put oot his haan and touched the stone. It felt freezin caal then a jolt passed throwe his body an he pulled his hand awa wi a "Christ!" the only word he managed afore Banny closed an lockit the box again.

In seconds Doctor Webster come ower wi the maist ravenous hunger he'd ivver felt in his entire life. Banny started saying ower an ower, "Ait min! For peety's sake ait!"

He startit speenin the broth doon his thrapple at an affa rate an stappit big hanks o soda breid ahin it. In the event it teen twa bowelfaes o broth an a hale soda breid afore the ravenous feelin passed. He sat pechin, wi swyte rinnin doon his face as if he'd been 'hill run.' His very skin felt strange an fin he lookit doon at his shakkin haans there wis an affa lot o slack skin that hidna been there afore.

"That's fit happened tae Geordie Dickie an the only thing he could get tae ait wis girss an tabacca!" Banny tellt him.

The aul doctor lookit at her and shook his heed. "My God Banny if that's fit it wis like for Geordie then nae muckle winder only a puckle skin an bone wis left!"

Banny said that Balnagoak wis a sacred site tae the 'Ancient Yins' an that's fit wye they left the 'Hunger Stones' ahin tae protect it but ivvery noo an then one wid come tae the surface and if touched by the unwary the results were deadly.

The White Rabbit Lodge.

Jaick wis a big laddie, taller than a standing spear or, weel ower sax fit ,aye an weel built w't. The only problem wi Jaick wis that he wis the only bairn o an aul widda woman an in consequence fair spiled by his mither. Jaick worked hard though; he vrocht fae mornin till nicht ,day in an day oot come weety weather or snaw. But as year followed year he ayee got mair discontented jist makkin eyns meet an livin fae haan tae moo. Onywye ae year aifter the crops were plantit he decided tae braiden his horizons for eence in his life. There cam the mornin he caad tae his mither an says.

"Mither! Bake me a bannock an fry me a collop, I'm awa tae sik ma fortune!"

Noo Jaick's mither wis neen ower pleased that her loon wis gyan awa but she ayee kent this day wid come so she blawed up the coals an set tae work makkin his mait. She made him a dose o fine saaty bannocks so that his bleed wid be keepit clean fae fevers an the collops were made fae chappit beef tae gie him strength an power. Tae it she added a skin o the berry wine she was famed for the length an braidth o the wide green Buchan that wid keep his een clear so that he could see ony dangers that micht threaten.

Haannin him his bundle she said, "Tak care o yersel an mind noo I want my laddie hame tae ma afore the first freest

146

is come!"

Jaick gave his mither a bosie promising tae be back afore the first freest wi his fortune or athoot it for that maitter. So takkin leave o his mither Jaick set his fit tae the sooth.

* * *

There wisnae muckle o a road jist the tracks left by coontless generations o reivers herdin their black cattle tae the mairkets seekin the best price possible. He followed the trails as best he could but mony's the time they jist peetered oot aathegither so he wint on till he cam across them again. In this wye Jaick covered a lot o leagues for he wis in gweed fettle an set upon as he wis on sic lang legs. He waakit fae mornin till late forenicht an spent his first nicht in a corrie happit wi his plydie haein yin o his mither's bannocks an a swig o berry wine fae the skin in his belly. His belly fulled he wis soon asleep in the sweet mountain air.

He waakened tae the sang o the laverock an aifter a drouth o clean crystal clear watter fae a burn he set his fit tee eence mair. In this wye he cairrit on his journey ower hill an doon dale seein little sign o habitation bar maybe the reek fae a lum on some wee hoose on the side o a distant hill. This wis wild bare country he wis waakin throwe.

Aboot fower days intae his adventure Jaick sees the ruins o an aul castle on tap o the hill he wis climmin an it bein a gey raw caal day he decided tae mak for it an gain a

147

bit shelter an hae a bite an a sup an a wee bit comfort. As he neared it he could see it hid been a grand castle in its day but noo the waasteens were crummlin awa as winter freests an wins wore at the aul weathered steens.

In the lee o the ruins Jaick set himsel doon in the fine lush girss that noo carpeted fit hid eence been the great hall. Ye could still see faar the big fireplace wis that must've struggled tae heat sic a big gairishin o a place. Heather wis growin oot fae the hairth steens an o aa things in sic a bare bit o the country honeysuckle grew roon the fireplace like a garland. Glaid tae be oot o the barefaced win Jaick teen oot his last collop an wis aboot tae start aitin fin a voice fae high up on the castle waa shouted his name.

"JAICK!" The voice said an fin he lookit up he saw a wee fat mannie ontae the crummlin waaheed.

"Oh michty me!" Jaick exclaimed. "Ye'll faa doon fae there wee mannie. Can ye nae see the steens are lowse!"

But the wee man peyed nae heed tae Jaick's words but jumpit fae waaheed tae waaheed like a body comin doon a wide an braid staircase until wi ae big loup he landed at Jaick's side. He'd a wee smilin face that wis aul yet young, in heicht he came up tae Jaick's middle an he hid a wee pot belly in front o him like a woman wi bairn. Upon his heed sat a blue bonnet wi a tassle hingin fae it an a suit o claithes the same colour as heather in the summer sun, a wee neat pair o beets upon his feet reachin tae his knees an them that shiny it wis like lookin intae a dark lochin fin the meen is heich.

"Weel Jaick foo's yer journey gyan?"

His een fell upon the collop Jaick hid been aboot tae ait.

"Michty but that looks fine! says he "Wid ye spare a bit for a wee fat mannie like masel?"

Jaick pickit it up an broke it in twa an haandit the wee mannie haaf.

"Get that doon ye sma man but I'm afeart it's nae as fresh as it micht be for it's mony a day syne ma aul mither cookit wi love an care for her big spiled loon!"

The wee mannie ate it up an lickit his fingers aifterhin sayin.

"Oh me Jaick but that wis affa fine!"

His een lichtit upon the skin o wine layin at Jaick's feet.

"Wid ye manage tae spare a drap o fit's in yon skin tae a wee fat mannie that's in need o a drouth aifter aitin yon fine saaty collop?"

Jaick haandit him the skin sayin, "There wee man taste the berry wine ma aul mither is famed for ower the braid an wide Buchan!"

He droochit weel fae the skin weetin his wheeple an smackit his lips aifterhin an says, "Weel Jaick that's the finest berry wine that ivver has crossed ma lips."

Giein Jaick a sly looks he speired o him if he kent the

149

recipe but Jaick didnae ken sayin his mither ayee put him fae the hoose finivver she wis tae mak wine.

Onywye recipe or no Jaick an the wee mannie weeted o their wheeples weel on the wine an afore lang baith o them were in a gey drunken state. Jaick nae used tae takkin sae muckle o the wine must've fell asleep for fin he waakened it wis nearly pick-mirk. But there wis an affa sound o fowk spikkin then slowly it started getting lichter an he could see the ootline o fowk begin tae appear an tak on substance. The wee fat mannie sat lookin at Jaick.

"Jaick!" says he, "You're seein things as they eence were here aboots in the times fin this great hall feasted kings, lairds an ladies!"

Jaick's face wis a picter o wonder as he watched the ongyans o the fowk. The weemin were dressed in the finest cloth nivver afore seen by Jaick, the colours were like the leaves o trees at the faa o the year. Apairt fae hamespun hodden grey an mebbe a wee bit tartan he'd nivver seen sic colours ontill a person like that afore.

The men were riggit in chyne-mail an wore armour; even they hid bricht colours on them, smocks wi drawins o lions an strange beasts like a horse but wi a big horn comin fae the tap o their heeds. Maist o the men hid een or the ither emblazoned tae their breests. They were aa sittin doon tae dine aff a table that must've hid three trees worth o timmer laid upon tressles an it wis creakin aneth the wecht o aa the

150

fine mait laid ontae it.

The wee man says "Jaick, tak yer een fae the table for neen o'ts for the likes o thee!"

He tore his een fae the table as he wis bid.

"Noo Jaick!" says the wee fat mannie, "Ye'd be a gey strong laddie I'm for thinkin?"

Jaick nodded,

"Och aye I am that, for years at the ploo an ruggin at coorse grun his fairly made me strong richt eneuch."

"Weel Jaick" says he, "I'll be needin ye tae prove that"

So sayin he pyntit tae a block o steen lyin on the fleer.

"D'ye think ye'd manage tae lift that fae the grun an cairry it ower here?"

Jaick shruggit an replied.

"There's only ae wye tae fin oot!"

He pit his airms aboot the block, got a gweed haanhud an haived at the block that wis partially beeriet faar it hid sunk intae the grun fin it hid fell fae high up on the castle waa. So Jaick pit aathing he hid intae the next lift, the veins fae his neck stood oot like straa raips as he strained tae free it, saat swyte near blinned his e'e as it ran like watter fae his broo.

Slowly but surely it began tae come oot fae it's restin place o centuries till, wi a groan it wis free intae Jaick's airms. It wis some wecht. Jaick thocht maybe a four five hunnerwecht if it wis a pun. He staggered ower tae the wee mannie an drappit it at his feet. Pechin fae the effort Jaick says, "Is that gweed eneuch for ye wee man?"

At Jaick's words he jumpit up an danced a reel aroon the big block, his wee feeties gan ninety tae the dizzen. Rubbin his haans as weel he said

"Weel deen laddie, weel deen! Jist the lad we've been wytin for! Och aye!"

He danced aroon the block again an jumpit atap o't an diddled a tune aa the while tappin wi his feet. Aifter a couple o jigs an anither reel or twa he settled himsel doon upon the block an crossed his legs. Jaick, amused an mair nor a bit teen aback at this display, hid ae burnin question tae ask o him. Jaick wintit tae ken fit he meant by 'jist the lad we've been wytin for.' Jaick wintit tae ken faa 'we' wis.

The wee mannie jist raised a haan an tellt him nae tae fash himsel for it wis only a figure o speech. Afore Jaick could say onymair he speired o him if he'd ivver heard o William Wallace? At this Jaicks chest stuck oot for that name dis that tae ony true Scotchmin.

"Aye I hiv that, did my ain granfaither nae wield a pike at the battle o Stirlin brig an spill his life's bleed upon it!"

The wee man nodded. " Aye Jaick hard times that. The country wis afire fae eyn tae eyn and the bleed ran free like watter in a burn!"

As he spoke his een hid a far awa look in them an were affa sad. He glanced at Jaick, but the sadness hid been replaced wi burnin anger fin he said.

"Then came the betrayal o The Wallace. The stain o sic a thing will marr the memory o Scottish nobles tae history for nine hunnder years and a day!"

Jaick weel understood the wee man's anger for he felt the same himsel aboot it for it wis still spoken aboot at mony a true hairthsteen.

The wee mannie broke intae Jaick's thochts.

"Jaick." says he, "I've something tae tell ye an fit I'm aboot tae speak o micht gar ye rin fae this place wi the hump o fear ontae yer back!"

He settled himsel mair comfortably on the block an askit for a wee drouth fae the skin afore he continued. Jaick tossed the skin tae him an wytit till he teen a sup or twa. Finishin wi a smack o his lips he lookit at Jaick an says,"I'm a warlock!"

Jaick felt the very hairs on his neck staan up for the stories he'd heard o warlocks an the black airts hid pitten the fear o death intae him. He wintit tae rin for his life but he thocht tae himsel he'd listen tae fit the wee mannie hid tae say an then decide on fit coorse o action he'd then tak. He stole a glance at the fowk fae lang ago millin aroon for he'd lang suspected he wis in the grips o the powers o darkness tae be seein fit he wis seein. Oh there wis fear in his hairt aaricht but he wis also curious aboot the hale thing. The wee mannie smiled as if he kent weel fit wis gyan throwe Jaick's mind.

"Weel ye've nae ran awa so that's anither test ye've passed!"

The warlock wis weel trickit wi this for fowk here-a-boots were affa superstitious. In fact Jaick hid passed three tests: the first hid been the appearance o aa the fowk, the ither hid been his strength an noo bein tellt he wis in the presence o a warlock. He held high hopes for this big curly heeded lad in front o him, for nae ither he hid tested bade beyond this point.

"Noo Jaick I ken weel eneuch the stories tellt aroon the hairth steen aboot warlocks but maist o them are wrang an the rest complete lees. The stories are pitten oot by the monks tae stop fowk believin in us!"

He teen a wee look o aa the fowk gyan aboot their business totally oblivious tae himsel an Jaick, then he said tae Jaick,

"The next test is this!"

He waved his haan an flames began tae lick the waas.

At this Jaick jumpit tae his feet an wi his foreairm shieldin his een he made tae help the noo screamin an panickin fowk but each time he grabbit for yin his hand passed clear throwe them. Realising they didna exist in this mortal world Jaick gaed back throwe the flames tae retrieve his bundle. Pickin it up he saw a scabbered sword aneth it. He grabbit it thinkin it must be like the fowk but wis

154

surprised tae find it wis real. The heat fae the flames though were rale eneuch as they scammed ony exposed bit o him.

He shouted for the wee mannie but the skirls o the fowk an the roar o the flames made it impossible for tae hear him so he staggered his wye oot fae the castle an stood watchin as the flames devoured athing that wid burn.

A strange thing began tae happen tae the flames. Slowly they got less an less but nae in the wye a fire usually gyangs oot wi odd sparks an a bit o a lowe. No they gid oot like it simply gaed tae sleep and an eerie darkness fell upon the place.

Aifter a wee while Jaick made his wye back intae the castle his hairt thumpin in his breest wi the fear o't. As he gaed throwe the doorway back inside it wis jist as it wis afore wi the girss growin ontae the fleer, nae a flame hid lickit this place in mony a year. Puzzled he sat himsel doon an shouted for the warlock. His ain voice came back at him as it echoed aff the crumblin ruins but nae a sicht nor a sound did he get o the warlock. Jaick's instinct wis tae leave this place as faist as his lang legs wid cairry him but his curiosity hid been waakened. Hid he jist been haein a bad dream? Surely he'd be waakened by noo! But he knew he wisnae dreamin for in his haan he'd the sword an it wis real.

He teen a closer look at it, a massive claymore made o the finest steel wi an edge ontae it that wid cut its wye throwe flesh, bone an even armour wi ae michty swing. It wis heavy, nearly as heavy as the block the warlock hid askit him tae lift.

"Weel Jaick ye're still here are ye?"

The voice come oot o the shaddas makkin Jaick loup. The wee mannie cam an sat doon at his side sayin.

"Ye got the sword I see!"

He put his haan ontae Jaick's shooder.

"Ye'll be needin tae ken aa aboot it I'm for thinkin? For ye're a curious kind o lad Jaick."

Jaick said nithing an jist wytit for him tae cairry on. He made himsel mair comfortable the same as he did afore an Jaick nae wytin for the request handit him the skin o berry wine o which he teen a gweed drouth afore handin it back tae him wi a smack o his lips.

"Gran stuff that min I'll hae tae ask yer mither for mair o that!"

Clearin his thrapple he says.

"Well noo; the sword ye hae in yer haan is the very same battle blade the Wallace himsel used tae sic gran effect in the cause o Scotland!"

He leaned ower an teen it fae Jaick's haan. Heftin it as if it wis the wecht o a feather he cairriet on his story.

"This sword here has the very essence o that gran man intill its very core, it lives Jaick. Aa that's nott is a man tae wield it, a man wi huge power in his airms an a hairt as true as the north win that will blaw forivver mair upon this

156

crummlin waasteens!"

He stared intae the middle distance an micht be far beyond for it seemed an age afore he spoke again.

"In you I hae found baith, you are the man I've wytit for aa this years geen by!" said he handin the sword back tae Jaick.

He wis quate for a wee but his een were on Jaick an they nivver wavered fae his face.

"As I tellt ye I'm a warlock but fit I didnae tell ye is that I'm comin tae the end o my time Jaick. I wis entrusted wi my powers for nine hunder years and one day an time is close for me Jaick but there's ae mair thing I maun dee afore I gyang on tae the Glens o' Syne!"

He wis quate again but his een nivver wavered fae his by a flicker.

"I'm needin ye tae clear this land o a scourge that his plagued it for mair than a generation. They are a band o cut throats wi direct bleed line tae them that betrayed The Wallace; I need ye Jaick."

He nodded tae himsel.

"Aye I need ye Jaick tae tak Wallace's battle blade an wipe the shame fae history by sendin them tae their white livered ancestors by this blade shod wi the metal free!"

Jaick wis fair put oot by the warlock's words.

"I've nivver in aa ma life wielded a brand, I ken nithing o battle, I'd be slaachtered an laid low afore ye could blink!"

He put the sword fae him.

"Na na wee mannie I'm nae the yin tae dee this thing ye ask!"

Jaick stood up tae tak his leave fin the warlock askit o him tae tak the brand wi him an that his ain destiny an that o Scotland baith braid an lang lie within that sword. Jaick's ain words tae his mither cam tae mind an mocked him. "Bake me a bannock an fry me a collop mither for I'm aff tae sik ma fortune!"

Resigned tae his fate or destiny he pickit up the sword an tied it tae his back.Takkin his leave o the wee man, he set his fit tae the sooth eence mair. The warlock shouted fae heich in the castle waa.

"Mind Jaick the road ye waak leads tae yer destiny!"

As the days gaed by Jaick came upon mair populated areas. Throwe clachans an wee toons he passed but the folk here aboots werenae ower freenly an wid jist glower at him until he moved on. Noo by this time Jaick wis in dire straichts: the sheen upon his feet were fair worn throwe, the pyoke at his side wis teem an nae a crummle left within it an him wi his belly that teem he thocht it wis beginin tae ait itsel.

Sittin himsel doon in the lee o an aul felldyke he pickit a haanfae o sooriks an chawed ontae the wee soor leaves hopin tae stave aff the hunger that wis clawin at his intimmers. He wis but a meenit sat doon fin a bonnie wee rabbit came fae a hole by his side. It wis as fite as the driven snaw an hid the bonniest pink een that he ivver did see. He pit oot his haan an pickit it up takkin it intae his bosie an he said tae it, "Michty but yer a bonnie wee craitur!"

He scrattit its luggies an it seemed quite content tae let him dee that. Eence fin he wis a loon he'd seen yin at a fair, the man faa owned it tellt him they were affa rare. Jaick though wis gey hungry an here intae his bosie wis the makkins o a meal that wid be fit for a king. It wid've teen but a second tae kill it but hungry though Jaick wis he couldnae bring himsel tae dee it so he pit it back aside its wee hole sayin,

"There ye are bonnie wee craitur. Gyang ye back tae yer hoosie!"

Pickin up his sword he slung it tae his back an set sail ontae the next bit o his journey. The barefaced country that he'd so far traivelled began slowly tae change tae greener lands till eventually he came upon a massive forest. There wis a better defined trail here so he could fare knipe on.

Aifter a couple o leagues through the forest he come on a burn. Stoppin he weeted his wheeple wi the crystal clear watter that wis baith cweel an sweet. He lookit tae see if there wis ony trooties under the bank that he could guddle but could see nithing bar a puckle wee eels but they were ower faist for him tae catch. But he spottit something else ontae the opposite bank growin on a grassy knoll;

mushrooms, great big mushrooms ilka yin the size o his nieve.

In a second he jumpit the burn an pickit a hale pile o them. He peeled een fae the bottom tae the tap tae mak sure they were mushrooms an nae toadstools. Jaick kent that if the skin comes aff fae bottom till tap then ye can ait them athoot fear, a toadstool disnae dee that. In nae time ava he'd skewered them throwe wi a bit o broom an set fire tae a pile o dry sticks wi his flint an fleerish.

The fire wis seen gyan weel an he toasted the mushrooms ower the yella lickin flames. Michty but they tasted gran an he feasted weel upon them, for the first time in mony a day his belly wis foo. Aifter his feast Jaick decided tae hae a wee nap he felt that content wi himsel. Lyin doon ontae the saany bank o the burn faar the warm sun wis shining throwe the trees. Jaick, much like the proverbial gentleman that wis nivver nott, laid himsel tae repose.

Fin he waakened a fair fylie later he gied himsel a gweed streetch an got tae his feet. The very first thing that his een lichtit upon ontae the ither side o the bank wis the bonnie fite rabbit lookin at him. Fin he crossed the burn it nivver ran awa but allood itsel tae be pickit up intae Jaick's bosie.

"Well my wee freen." says Jaick scrattin its wee luggies, "Yer a lang wye fae hame!"

Aifter pettin it for a wee while he laid it back ontae the

grun sayin.

"Ye'd best gyang back tae yer hole wee craitur for ye've come a lang wye an it could be dangerous for ye here!"

Jaick made tae cross the burn eence mair fin the rabbit started thumpin the grun wi its hin legs. It wis angry that Jaick hid left it on the opposite bank for he could see its body hunched an its luggies set at the side o its heed an a noise nae handy wi its feet drummin the grun. Jaick laached,

"Weel weel yer wantin across the burn are ye?"

So he picked it up an set it ontae the ither bank. Jaick fulled his breidpyoke till it wis stappit foo o the mushrooms, mair than eneuch tae dee for a puckle days. He set his fit tee again an afore lang he wis deep intae the forest eence mair but this time he'd company. The fite rabbit wis follyin him an ilka time he lookit back sure enough there it wis loupin alang.

He tried a puckle times tae chase it awa but na na it wis ayee there fin he lookit roon. So at length wi the gloamin comin doon he decided tae stop an roast a puckle mair o them affa fine mushroom for his belly wis makkin an affa rummlin sound o its ain accord. Soon he'd a gweed lowe o a fire gyan an in nae time the mushrooms were roastit. As he ate, his new companion come loupin inaboot so he gave the wee rabbit a twa'r three mushrooms an it ate them wi obvious enjoyment. Jaick teen oot the skin o his mither's wine for he'd ayee keepit a wee drap o the precious liquid an ilka nicht he'd tak but a wee sup. The rabbit seemed affa interested in fit Jaick wis deein so he put a wee drappy intae the palm o his haan an let the rabbit sup o it, he could feel its wee tongue lappin up the wine till there wisnae a drap left. That nicht the rabbit slept intae Jaick's bosie wuppit in his plydie for he wis feart that a fox or a beast o that kind micht tak it in the nicht.

Next day wis caal an driech so he set tee athoot a bite pittin the wee rabbit intae his breidpyoke faar it wis fine an dry. Wuppin his plydie aboot him tae keep himsel dry he set sail eence mair. That day Jaick come upon a sicht that made his very bleed rin caal.

He entered a wee clachan o aboot a dizzen hoosies far ivvery man woman an bairn hid been pitten tae the sword. Jaick kent weel that it must hae happened a gweed few days afore for aa the bodies were rotten an the sweet seekly smell o daith hung ower the place near makkin his stamach turn ower. Jaick wis angry! Oh michty but he wis angry that sic a thing should happen in the days o peace. Aifter checkin oot the hooses tae see if by chance somebody wis still alive he left that place as faist as his feet could cairry him. The forest hereaboots wis much thicker noo an somehow Jaick sensed he wis headin for the hairt o't.

As he distanced himsel fae the horrific scenes he'd witnessed, Jaick's anger subsided, he slowed doon tae a slower pace. But it wisnae tae laist lang for twice mair on

162

that day's journey he wis tae meet in wi the sicht o mair slaachtered fowk. The difference this time wis that they'd been hung heich an their bairnies hid been dashed tae death against a steen waa, their wee broken bodies scaittered aneth the very trees their mithers an faithers hung fae. This time Jaick's anger wis roused tae sic a pitch that he teen Wallace's sword intae his twa haans an swore an oath tae avenge sic slaachter.

It wis in the foreneen o the neist day that he heard loud voices comin throwe the trees. Slowly he made his wye towards the sound, his nostrils pickin up the fine smell o roastin meat. Eventually he cam ontae a clearin in the forest. Standin in the lee o a massive oak Jaick saw fit he teen tae be a band o brigands seated aboot a puckle big fires drinkin wine an aitin o the reid deer an wild boar bein brannered ower the loupin flames. Jaick hid nae doot that this wis the men that hid deen the cruel deeds he'd jist seen.

Angry though he wis Jaick wis nae fool aathegither for if there wis ae man there wis a hunnder, an each hid armour an swords within easy reach. There wis nae wye on God's earth that him on his leen could fecht against sic odds that an army wid be nott for. He wis aboot tae slip quaitly awa fin the sword strappit tae his back began tae tug up an doon. He drew it tae see fit wis wrang an he near let it faa fin he saw the warlock's face upon the boss o the sword.

"Dinna be fleggit Jaick!" It said. "I tellt ye I'm a

warlock an I also tellt ye that ye'd come tae yer destiny, so there it is tae yer fore!"

Jaick lookit at the brigands an felt his intimmers tichtenin wi the fear. The face on the sword says tae him.

"Tak me in yer twa haans, let the essence o the great 'Wallace' flow throwe yer bein Jaick an let me lead ye tae battle for my destiny lies here ana!"

At the warlock's words Jaick felt the sword get waarm as if slowly bein heated at the smiddy fire. He felt intae his breidpyoke tae tak oot his wee rabbit but it wisnae there. He thocht it micht hae teen fleg at aa the voices an wis doon a hole somewye.

The sword gid oot wi a merciful skirl an aa the brigands lookit up towards Jaick for it wis the loudest sound ony hid ivver heard afore including Jaick. He kent he wis a deed man did Jaick but he thocht tae himsel that if he ran awa they'd track him doon an slaachter him like a pig an the coordly knave he wis. If he wint forrit the same fate awytit him but at least he'd be takkin a puckle wi him tae the grave!

Jaick teen a gweed grip o the haanle an charged for the group that hid got ower the shock o the skirl an hid gaen tae arms. The sword felt as licht as a feather as he started tae swing tae the left an the richt. Een o the men tried tae parry a blow but Jaick's sword cut his een in twa. Jaick pulled back wi shock but the sword almost on its leen draggit him forrit tae finish aff the foe. Aifter that Jaick let the sword lead for

164

it seemed him that aa that wis nott wis his strength tae keep it heich, the sword deein the rest. He cut a swathe throwe the men as if cuttin ripe corn. They fell in raas neen tae ivver staa again.

Aifter aboot acht oors o battle Jaick began tae feel his mighty strength begin tae sap awa. The haanle o the sword wis slippy wi bleed and gore, it wis even drippin fae his elbow. But Jaick keepit it up feelin the sword cut throwe armour, been an sinew. The screams o the deein fulled his lugs an the smell o hot bleed fair seeckent him aathegither. But still he keepit swingin till nae one man bar himsel wis left livin. Fochen deen he sat himsel doon ontae a girssy knoll his chest heavin as he sookit in braith, his airms shakkin like a leaf an his hairt thumpin like a war drum. Pullin a haanfae o girss he dichtit himsel clean o bleed an gore or as muckle as he could get aff athoot watter. Pittin his heed atween his knees he sat that wye for a gey lang fyle afore he felt restit eneuch.

"Well Jaick ye've deen weel! Ye were even stronger than I thocht!"

The warlock hid appeared an wis sittin ontae the stump o a tree.

"Ye've cleared this land o a scourge wi bravery an strength I've yet tae set my een upon in nearly nine hunnder years if it's a day!"

Jaick shook his heed sayin.

165

"It teen neither strength nor bravery on my pairt wee mannie for the sword wis magic as ye weel ken!"

The warlock laached lang an loud at Jaick's words then said.

"Jaick." said he. "That sword is nae mair magic than flee intae the very air ye breathe, for I'm afeart Jaick my lad that I tellt ye a lee.It wis the only wye I could could've gotten ye tae dee it!"

Jaick wis mighty angry at the wee mannie but calmed doon fin the warlock explained that his kind werenae allooed tae interfere wi the workins o mortals. If they ivver did find themsels embroiled they were forbidden fae usin magic. So the only wye he could get the slaachterin stoppit an tae avenge some o the shame left for the death o the great Wallace wis for him tae find the strongest an bravest man in aa Scotland an get him tae dee it. Jaick wis nae for that an said he wis nae the strongest nor yet the bravest man in the land.

"Surley there is better men than the likes o me born tae haud the ploo an swing the heuck!"

The wee mannie nodded.

"Aye Jaick there are higher born men, aye men faa hae athing, power, money, titles an even some wi great strength an bravery, but neen hiv fit you've gotten Jaick my laddie-honesty an compassion!"

The wee mannie put his haan ontae Jaick's shooder.

166

"Tell me something big lad. Fit wye did ye nae rin awa fin I showed ye fit hid happened so lang ago in the aul castle? Fit wye did ye nae tak tae yer heels like ivvery ither man tested?"

In reply Jaick jist shruggit his shooders.

"I dinna really ken for I wis surely terrifeet o yon vision o aa yon peer fowk bein teen wi the flames, I wintit tae rin awa and I affa nearly did but somehow I wis curious."

Jaick scraattit his heed an wypit some o the coolin swyte fae aff his broo an cairriet on.

"I wis curious aboot you ana for nivver hiv I met sic an interestin mannie in aa ma born days!"

Jaick looked closely at the wee mannie.

"Could I speir at ye aboot something?"

The warlock smiled an says

"Of course ye can Jaick. Ask awa!"

Jaick seemed a wee bit reluctant but he teen a deep braith.

"Weel it's like this, you say yer a warlock an of coorse aifter fit aa I've seen wi my ain een an deen wi my ain haans I fairly believe ye, but ye says tae me nae meenits ago that yer comin tae the eyn o yer nine hunder years and a day!"

The wee mannie nodded but said nithin. "Weel," says Jaick wi a sad look intae his een. "Dis that mean yer gyan tae dee?"

The wee mannie smiled fair touched by Jaick's

167

question but he laached tae hide his ain emotion.

"Feggs min I thocht for a meenit ye were gyan tae ask ma aboot wishes an crocks o gowd wi the licht o greed in yer een. Ye ken the kind o thing? But in answer tae yer question, no I'm nae gyan tae dee, weel nae in the wye you understaan bein a mortal, no I pass on tae a different realm I become something else but I dinna dee the wye you think. The wee mannie smiled.

"Dis that answer yer question?"

Jaick lookit thochtful.

"Weel... if that's yer answer then that's it an that's aa. But there's ae ither thing I'd like tae speir at ye, something that his ayewis garred me claa ma heid.!"

"Caa awa !" says the wee mannie.

"Weel it's like this- there wis an aul woman fae oor village accused o bein a witchie wife by some o the fowk an she wis teen awa tae Aiberdeen by the Kirk an there tried by law tae her bein haan in glove wi the black airts. The peer aul craitur wis burnt at the stake for supposedly bein a witchie wife. Noo I dinna think she wis sic a thing but only an aul wifie faa wis a wee bit dottled. But if she wis yin why did she nae use the black airts tae save hersel fae sic an affa death?"

The warlock nodded.

"Gweed question big lad but yin wi a simple answer, she wis nae witch!"

168

The wee mannie shook his heed sadly.

"O aa the peer fowk pitten tae the ordeal o the flame nae one witch or warlock his yet deet for they nivver get caught!"

Jaick noddit in understandin. Gettin tae his feet tae tak his leave Jaick handed the wee mannie the last o the berry wine and said " If ye're in the district come roon by wee mannie and we'll hae a gweed drouth o the wine an ait o the finest saaty bannocks an tasty collops in aa the bonny lands o the Buchan!"

Aifter leavin the place o death Jaick found his wee rabbit wytin for him on the trail so he pickit it up an pit it intae his breidpyowk an happit it wi his plydie. He made the lang traipse back tae the castle faar his adventure hid begun. The wee mannie hid tellt him tae return the sword tae the very place he hid found it. So three days did he traivel wi hardly a rest day or nicht.

The meen wis full at this time o the month so he could see as far as a body could wint tae so day an nicht he waakit. Neither a bite nor a sup passed his lips in aa that time for he wis still seeck aboot the slaachter he hid deen. He bade awa fae the wee clachins faar the brigands hid put aa the peer fowk tae the sword for nae one mair sicht o a deed body could Jaick manage tae face.

At length he cam across the hill faar the castle stood grey an driech comin oot o the early mornin mist. Sowpin o weet fae the thick hingin mist Jaick made his wye up the hill towards the sombre waa steens. As he approached the gatewye he shuddered an felt the very hairs on the back o his neck birse up like the back o a cat that's been fleggit. The aul waasteens were rinnin o watter fae the mist probably jist as they'd deen for a thoosan years passed an probably will dee for anither thoosan years.

He passed throwe the door intae the great hall an athoot lookin aboot him, gaed ower tae the place faar he'd found the sword an laid it doon on the grun. The warlock hid tellt him that Wallace's sword hid a destiny o its ain tae meet.

The wee fite rabbit jumpit oot fae his breidpyoke an jumpit aroon the place afore gan intae a hole aneth the massive hairth steen o the gran fireplace.Jaick wis disappintit at this for he socht tae tak the wee white rabbit hame wi him. Sadly he made tae leave fin he heard the rabbit thumpin the grun ablow the hairthsteen. He thocht maybe that it wis stuck an pit his haan doon the hole but nae maitter foo he tried he jist couldnae reach it.

Eventually Jaick teen the edge o the massive slab o sclate an usin aa his strength liftit the hale hairthsteen. Under it stood his wee fite rabbit sittin on tap o the biggest kist he ivver did see. The kist wis made o a timmer that he'd nivver seen afore an roon it wis bands o bronze wi huge hasps an locks. It teen Jaick oors tae open but fin he at last pulled up the lid his een lichtit ontae thoosans o gold coins.

Jaick made a lot o journeys back an fore tae hame each time loaded doon wi bags o gold till nae one coin wis left. He bocht the estate fae the laird an biggit his aul mither the bonniest lodge that money could buy. But money meant little tae Jaick- he wis mair pleased tae see his aul mither nae haein tae want in her aul age.

Jaick wis a gweed laird tae his cottars biggin them aa new hooses wi sclated reefs instead o the sprots an sod that wis normally used in the Buchan. His constant companion though wis his wee fite rabbit an aa the gowd in Scotland widnae hae been eneuch tae buy him fae Jaick.

A fyowe years hid geen by or this time an ae nicht as Jaick lay asleepin he heard a rummle in his bedchamber an here wis his rabbit glowin in the dark an it spoke in the voice o the wee mannie.

"Weel Jaick!" says he "My time is up I've deen my nine hunnder years an noo this is the day, it's your turn now Jaick for I've chosen you tae dee the next nine hunder years and one day!"

Wi that his wee fite rabbit jumpit oot o the windae an ran awa intae the wids. Aifter that nicht Jaick tellt aa the cottars on his estate nivver tae kill ony fite rabbits. It wis the only rule he ivver imposed on them: in fact for the times it wis a law because Jaick wis aifter aa the laird. Noo as the years an centuries gid by the only rabbits aboot the estate

171

are fite for even till this day nane o Jaick's cottars will kill a fite rabbit.

Jaick's place is caad the White Rabbit Lodge but ye'll nae find it ontae ony map in existence for that's nae the name that it's kent as tae mortal fowk. The only pointer that I can gie ye is that the place is at the far west o the braid lans o the Buchan an that fae Jaicks place ye can smell the saat sea o the Moray Firth but yer ee winna behold the watter. If ye are lucky eneuch tae find the place well ye'd see Jaick for he's near twa hunder years tae go afore its his day!

The Three Cannels.

The aul fishermin stood at the heed o the cliffs lookin oot at the sea. He shuddered as the caal ween blasted roon him. A win that cam straacht aff the Polar icecap an wi little land atween here an there. As it wis, the barefaced chill tried tae find its wye atween the faisteners o the aul naval dufflecoat he wore.

If onybody hid been there tae speir at him fit wye the watter wis streamin doon his chiks he wid've tellt them it wis only the caal ween but it wisna the ween ava. The streamin watter wis saat tears that he cast for his laddie that lay oot there in the freezin watters o the Arctic Sea.

He watched as the waves crashed against the Devil's Peatstack in a mash o foam near hittin the tap o't. It spread ower Loch Craig and Tarlair sweemin pool wi a boomin crash that vibrated up his legs even though he wis nearly a hunnder feet abeen. In reality though he wisna takkin muckle in, his mind wis oot there faur his laddie lay. He'd seen mony men die at sea in the Great War and it wisna clean nor brave the wye they tried tae tell the mithers, fathers or wives it wis.

It wis cruel, disgustin and terrifeein tae see men burnt tae the daith,biled by escapin stame or tae hear the skirls o them trappit ablow as the freezin watters rose tae choke the life oot o them.

Fit wye did his ain laddie die? Fit een did he get?

Maybe he'd been lucky and ended up in the sea wi the sky abeen him and died bit by bit as his body froze until the watter poored doon his throat an teen awa his misery. He shook his heed an wiped his face wi his sleeve, "This isna getting ma onyplace!"

There wis a squall comin in aff the Moray Firth so he turned an winched as the pain lanced up his legs fae the puckered skin that'd been left fae the burns he'd gotten fae the mined shippy in the Aegean durin the Great War. He made his wye slowly back tae Macduff tae keep his breeks fae rubbin the skin tae the raw flesh.

Fin he got in the door their neebour wis in comfortin his wife. His wife's een were fair reed wi greetin like they'd been ivver since they'd gotten the telegram fae the Admiralty. She rose up dichtin her een tae pit the kettle on the fire but he stoppit her sayin he'd mak a cuppy for her. There wis little he could dee bar comfort her wi normal things. He wis glaid now that he'd nivver spoken aboot the things he'd seen during the war. She kent that their laddie hid been killed an wi nae mair knowledge than that it wis for the best.

She could see the pain on his face though he tried sair tae hide it fae her. It wisna the normal pain she'd seen for the past twinty odd years as the skin grafts rubbed raw ower half his body. No this pain wis much different. For the first

174

fyowe years aifter the war he'd waaken up in the middle o the nicht skirlin and covered in swyte as if gan throwe the terror o the burnin shippie aa ower again. He nivver spoke aboot it, only funny things that hid happened or places he'd been till. Noo though aifter aa the years the nichtmares hid started again. This wis the fourth time this week that he'd wint awa for a walk and she wis getting feart incase he'd nae come back tae her. She'd eence follae't him athoot his kennin an saa him staanin at the heed o the cliffs lookin doon at Tarlair an oot ower the Moray Firth. She'd wintit tae gyang up tae him an haud his haan so they could be strong thegither but she hidna deen that oot o respect for his need tae face his ain demons his ain wye.

Ower the last fyowe years their life hidna been gyan affa weel. At first it wis jist silly wee things like lossin keys or scorchin clyse then slowly it began tae get bigger things. The scullery reef hid collapsed, the gear shed oot the backie got brunt tae the grun wi aa Michael's fishin gear, then their wee skaffie boat hid geen adrift an wis wrecked roon at the Sclates. Then tae cap it aa the navy hid stoppit his pension for some reason. The pension wis a pittance but the fyowe pound a year hid made an odds.. If it wisna for her gettin a jobbie at the fish yard they'd be destitute. Noo tae feenish aathing aff they'd lost their only laddie tae anither war. She'd lost the man she knew in the last yin for he wis nivver the same aifter it and noo her bairn wis lost tae this yin. Bad

175

luck fairly seemed tae hae follae't them ower the past fyowe years an she wis beginnin tae winder if somebody or something held an ill will at them?

Aboot a fortnicht later her man wis teen intae hospital at Banff. Some o his scars hid gotten badly infected. She'd kent fine something like this wis gan tae happen for he waakit tae Tarlair ilka day noo an fyles twice fitiver the weather. He'd jist staan there for oors lookin oot at the sea. He'd come hame in an affa state- fyles soakin o weet an blae wi the caal. She'd get him dried an gie him hot food ready for the next time he'd waak tae Tarlair. It wis as though he thocht their laddie wid come hame on the tide.

Lizzie visited him at Chalmers Hospital and spoke tae een o the doctors faa tellt her he wis affa nae weel. The doctor thocht he wis developing septicaemia wi the infection. A nursie took her tae faar Michael wis and she sat haudin Michael's hand. She spoke tae him aboot onything she could think o. He hardly even kent she wis there an fin he did spik it wis disjointed stuff aboot their laddie or fishin or the wee boat that nae langer existed. She jist sat there wi her hairt brakkin as she watched the last link in their chyne o life get waiker an waiker.

The ward sister came inaboot an tellt her visitin time wis ower. In her despair she hidna even heard the bell. She leaned ower an kissed him for fit could be the very last time. His een opened an he smiled up at her. For a moment he wis

176

back tae her, then his een cloodit ower wi delirium again.

As she left the hospital, instead o makkin her wye hame tae Macduff she waakit Wast alang the coast tae Fitehills aboot fower miles distant. She wis makkin for Beannie Rannie's hoose oot the tap o Fitehills. The locals caad her 'The Witchie Wife'.

Beannie Rannie wis famed among the fisher fowk for her knowledge o 'The Blaick Airts' an how tae look intae the unknown. So wi little left tae loss in life noo she'd decided tae speir at her if somebody hid indeed pitten the evil ee ontae her and her faimily.

The hoosie wis a wee bit 'but-na-ben' and the yard wis fulled o figures carved fae driftwid in weird shapes as if tortured Devil's imps in the depths o despair hid carved them athoot the help o a mortal haan. As weel there wis wee raised beds o fit lookit like herbs: anither thing Beannie wis famed for. It wis said locally that she could tak a corp back tae life an hae it dancin the Reel o Tulloch wi some o her concoctions. She chappit at the door, an gey nervous wis she for she'd nivver met Beannie Rannie an only heard aboot her bein a 'witchie wifie'.

A voice shouted fae inside, 'Come in lassie the door's open!"

She liftit the latch an steppit intae the wee lobby tae be met wi the fine smell o scones cookin on a girdle. The door tae her left wis half open an wi a quick nervous tap at it she walked intae the kitchen. An aul woman stood at the table rollin oot scones. An sic a bonny wee wifie wis she. Her facie lichtit up fin she saw Lizzie stannin there an wi a "Ae me quine sit yersel doon ye look exhausted!"

Lizzie wisna aware o foo bad she really lookit but she thankfully sat doon on the settle she'd been shown till. Beannie workit at the fire: she turned the scones then swung the hotterin kettle farrer abeen the coals speirin as she did faar aboot she cam fae?

Lizzie wis fair trickit tae tak the wecht aff her feet for a meenit. She noticed the room wis deckit oot like the wardroom o a navy ship. Fin she'd been at the skweel they'd been teen doon tae the hairbour tae visit a wee warship and this is how it hid lookit wi aa the fancy varnished widden panels polished like glaiss. She noticed as weel that the fire grate wis blackleedit tae perfection an the braiss rails abeen it were shonin like gowd.

"Whit a bonny room!"

Lizzie hidna meant tae say it oot loud.

Beannie smiles "Aye it wis deen by my faither back in the aichteen aichties: he wis a vricht tae trade.

"Michty but it's affa bonny!" says Lizzie.

Beannie laached wi a memory. "Aye but it teen him a lang time tae get it richt though, my peer mither wis deeved wi aa the sotter."

Lizzie got a laach at that but it didna laist lang afore

178

the twist o misery landed in her guts eence mair.

Beannie tootered wi a tray an teen it ower tae the settle an laid it on a wee folding table at the side.

"Here noo ma quine. Get some o that doon ye!"

On the tray wis a bowlfae o tay wi a plate o fresh buttered scones an hame made cheese. Lizzie teen a moothfae o tay fae the bowl an felt its waarmth gyang doon tae her belly. It wis sweet as honey and she could feel her body takkin the gweedness fae it. She'd nae been takkin care o hersel ower the past fyowe wiks being far mair concerned aboot Michael. Beannie stood lookin doon at her and kent fine that the deemie sittin there, for the want o a better expression wis at the eyn o her tether.

"Come on noo quine help yersel tae a fine scone. It'll dee ye good."

But Lizzie jist shook her heed an says, "I'm sorry I jist hinna the appetite but I'll tak anither bowl o that fine tay if there's ony left in the pot!"

Beannie smiled and fulled the bowl wi tay, milk an plenty sugar again. She kent that Lizzie wid tell her fit wye she wis here in her ain time. But first she'd need tae get some mait in her belly. Syne oot o courtesy and Beannie's priggin, Lizzie pickit up a scone an half hairtedly teen a bite. She'd nivver thocht foo little she'd been aitin but she seen stuck in an cleared the plate.

The warmth fae the fire and her belly full for the first

time in weeks Lizzie wis sair made tae keep her een open. Fin Beannie saa this, she speired at her if she'd like tae hae a forty winks on the settle. Whether it wis the kindness she'd been shown or the absolute comfort o the room that did it she began tae bubble an greet.

"Oh ye peer lassie!" said Beannie an teen Lizzie intae her bosie. "Let yer pain oot lassie!" said she as she rubbed atween Lizzie's shooders. Beannie kent despair fin she saa it an tears aftimes helpit tae clear the system. Sabbin fit tae brak yer hairt she tellt Beannie her story.

Aifterhins fin she'd sattled doon a bittie Lizzie wis affrontit aboot sic a show o emotions. Beannie shook her heed sayin, "Na na quine we aa maun needs tae let things oot fyles!"

Lizzie nivver saa her glance up at the photo on the waa o twa bonny laddies in naval uniform. They'd been killed on the approaches tae Scapa Flow fin H.M. Drifter Ben Struan they were on hut a mine. That'd been back in nineteen fifteen so she kent only ower weel fit Lizzie wis gan throwe. Quickly she said, "Come on noo lassie I'll mak ye a fine supper then ye can get yer heed doon on the settle!"

Lizzie protested aboot imposing on her... but Beannie wid tak nae nonsense tellin her, "It's comin doon dark so ye maun bide the nicht here and the morn I'll show ye how tae find oot if somebody's put the ee on ye!"

Early the neist mornin Lizzie waakened up slowly an

she lay cosy an contentit for a meenit as she lookit aroon the bonny room while the daylicht filtered in throwe the wee windae at the side o the settle. Drowsily she couldna mine fan she'd last felt this at peace an wi that very thocht the despair tore its wye through her hairt again as reality struck her. She gasped wi the pain and that's fin she got win o the fine smell o ham fryin as it wafted throwe the room. She wis surprised tae see Beannie eence mair at the table rollin oot scones for she'd nivver heard her gan aboot.

"Yer waakened ma quine? I hope ye got a gweed sleep wi the herbal tea?"

Lizzie yawned an rubbed her een sayin it wis the best sleep she'd hid in a gey lang time.

Aifter a fine braakfist o ham an eggs Beannie tellt Lizzie foo tae find oot if the 'Evil Ee' hid been cast on her. Lizzie teen her leave o Beannie wi hairtfelt thanks and a big bosie. There wis tears in baith their een at this fareweel an wi Beannie tellin her tae let her ken foo she gets on an nivver tae pass her door athoot comin in.

Lizzie left wi a rolled up news paper deen up intae a wee parcel. Inside there wis three plain white cannels an nine iron nails o the kind used by smiddies tae nail on horsesheen. On her wye throwe Banff she gid inby Chalmers Hospital tae speir foo Michael wis. She wis in luck! The nursie she saw let her throwe tae see her man even though she wisna allooed tae visit at this early oor.

Michael wis far worse than yestreen, his body covered in big reed blotches an his breathin gey sair made. She teen his haan in hers an whispered her love and that she'd find oot faa hid cast the ill luck ontae them.

That nicht she teen the three cannels fae the parcel an put them oot as Beannie hid tellt her. Ilka cannel wis three inches high an each inch stood for ae pairt o the Holy Trinity. They were tae be placed three inches apairt and at the bottom o each a wee card wi a word ontae it wis tae be placed. The left haan yin wis 'Fate' the middle yin wis 'Malediction' the richt yin wis 'Destiny' an fitivver cannel burned oot first that wis the answer.

Lizzie lichtit the cannels on the strike o nine that wis three times the Holy Trinity and she sat and watched. In the event the clock struck midnicht as the middle cannel burned oot, the ither twa still hid a wyes tae gyang. It wisna fate nor destiny aboot which little can be deen because baith are intertwined.It wis 'Malediction' and for that something can be deen. Lizzie kent noo that the 'Evil Ee' hid been cast on them. She'd hiv tae wyte twentyfower oors afore she could dee the next bit. Beannie hid geen her the nine iron nails tae use if 'Malediction' wis the problem and find oot faa wis responsible. That wis gyan tae be the hardest bit.

Lizzie gid tae her bed but nae sleep could she get for thinkin aboot faa wid've pitten the evil ee on them. The only person she could think on faa micht've deen it bade alang the shore. She wis an aul woman that got a bad name amangst the fishermen. If ony o them happened tae meet in wi her as they gid tae the boat they jist turned aboot an wun their wye hame again. They'd tak aff their clyse, gyang back intae bed, bide there for a wee meenit rise again an get riggit. This wis supposed tae hae broken the spell as they'd started again. Her name wis nivver mentioned at sea. She'd a t-name that fyles wis used but I winna mention it here jist in case.

Onywye Lizzie couldna see it bein her, she wis jist a peer aul woman that happened tae hae a ringle ee. Besides she'd nae reason tae pit the 'comehither' ontae her faimily for neen o them hid ivver deen her ony ill.

Neist day Lizzie wint tae see Michael at the hospital. The doctor tell her he wis fully worse. The septicaemia wis slowly spreading an if it cairriet on like that he'd be lucky tae see a couple mair days.

She sat a filie wi him an dichtit his broo wi a damp cloot the nurse gave her. The blood fever wis raging throwe him and his breath rasped like an aul winded horse. Wi tears trippin her Lizzie left the hospital and slowly made her wye hame tae Macduff, a teem feelin in her guts. By the time she wun her wye hame the licht wis beginnin tae lower ower the Moray Firth but the beauty that used tae mean so much tae her hid lost aa its pleasure. She kent the reed sky abeen the sea wis bonny but she couldna feel that beauty onymair. Aathing she loved wis being teen fae her, even the very beauty o her beloved Moray Firth.

Eence hame she lichtit the fire an soon hid the kettle hotterin awa an aifter a welcome bowlie o tay she set tae deein fit Beannie hid tellt her.

First she shut an bolted the shutters on the windaes. They were gey stiff at first but she got some ile for the hinges. The saat air didna half roost ony iron an aifter a fair bit o a chauve she got the fower windaes shuttered. Next she bolted the back and front doors then sat doon at the fire wi a bowl o tay an wytit.

Afore midnicht she opened the wee parcel she'd gotten fae Beannie an teen oot the nine iron nails an placed them ontae the shovel at the side o the fire. On the strike o twal she laid the shovel and the nails ontae the coals and slowly let them warm and wytit. As they began tae get hot she heard a saft knock at the door and her neebour askin tae come in. Lizzie stood up an gid tae open the door fin she mined on Bannie's words.

"Faaivver comes tae the door, nae maitter faa they are dinna for onysake let them in!"

As the knockin got mair desperate Lizzie wis tempted tae let her neebour in for they were gweed freens. Afore she did it though and jist for her ain ill-fashence she opened the bottom o the fire tae mak it lowe. The nails began tae really get hett an that wis fan the chappin at the door got even mair desperate. Then her neebour started on the shutters

184

tryin tae pull them aff. The foul language that came fae her mooth wid've made a trooper blush and Lizzie could hear the scrattin as she tried tae claw her wye throwe the shutters.

By this time the nails and the shovel were glowin bricht reed syne aathing gid silent. Nae a sound tae be heard apairt fae the crack-crackin o the reed hett iron fae the fire. She let it be for a fylie, then teen the shovel fae aff the heat and put it on the binkie at the side o the fire.

Lizzie sat doon greetin her hairt oot. The anger and fear she'd first felt fin she'd heard her neebour clawin at the doors and shutters hid geen awa tae be replaced wi an overwhelmin sadness at her ain loss but for her neebour ana faa'd seen fit tae tae pit a curse on her and her faimily. Beannie hid tellt her if the person that cursed her came tae the door an couldna get in they'd lift the curse and nivver again cast yin nor get anither tae curse ye.

As directed she awytit the comin mornin licht afore she unlocked the doors and opened the shutters. Lizzie felt seeck tae her guts fin she saw the bloody scratch marks faar her neebour hid tried tae claw her wye in. She thocht she'd better see if her neebour wis aaricht but something stoppit her fae gan. If she could dee that tae a shutter fit could she dee tae her? Onywye the hoose lookit deserted so she decided tae leave weel aleen.

Aifterhin Lizzie trauchled back tae Banff Hospital an gid in wi a sinking feelin intae her guts. The fine nursie met her in the lobby fair beaming. She hurried Lizzie throwe tae the ward an losh wis she trickit fin she saw Michael sittin up in the bed haein a big bowelfae o porridge.

The doctor came inaboot grinnin and sayin it wis a miracle for the septicaemia wis completely gone. Lizzie speired at him fit time he'd gotten better and wis tellt the fever broke nae lang aifter midnicht. Lizzie felt the goosepimples on the back o her neck shuzz and she'd tae sit hersel doon. Even wi aathing that hid happened the nicht afore it could've still only hae been a coincidence but this proved athoot ony doot that last nicht she'd been in the presence o pure evil.

Ower the next fyowe days Michael improved that much he wis allowed hame. A couple o wiks later a telegram hid cam fae the Admiralty tellin them their son wis a prisoner o war in Norway and wis in good health. Oh me they rejoiced at the news and jist held eenanither an let the tears poor oot.

Aboot a month or so later a man fae War Pensions fowk came tae see Michael in person and tae apologise for his pension bein stopped. The man said that he'd been grossly underpeyed for the wounds he'd received ower the last twintyfive years so they were gan tae backdate his pension and gie him ivvery penny he wis entitled tae.

The neebour noo?

She wis found walkin aboot the hill o Doune completely oot o her mind and wis tae spend the dear days o her life in

186

an asylum nae kennin day fae nicht. "The Deil tae his ain I suppose!"

Jessie Hutton.

Jessie Hutton stood leanin tee till the hairbour waa. She wis tired oh me but she wis tired, fochen deen wid best explain her. A lang time had passed syne her birth in Aiberdeen. It had been a warm summer then with aa the fowk millin aboot deein fit fowk dee on a fine day. Oh for the days o her youth again, the appreciative glances fae men wi that kind o knowledge, their een sparklin as they teen in her fine shape and considered fit men bodys considered fin they look at sic a fine female form.Aye, that's if they hae that kind o knowledge in the first place.

But noo Jess wis aul an she wis weel aware o't, nae langer coveted looks fae the men bodys.The only looks she got nooadays wis puzzled frowns an fyles a bunnet removed, nae as a sign o respect but tae allow the passerby tae scrat his heed an think aboot the aul craiter leanin tee till the hairbour waa. She felt hersel tae be in a sotter, strushel an negleckit but apairt fae a fyowe impident remarks aboot her looks an age,Jess wis left tae tae her thochts on past glories.

In her youth she'd been weel traivelled being tae Edinburgh, London an Plymooth, aye in this coutry like. She'd been at Gibraltar or Gib as the men bodys caad it an she'd seen Malta-that wis a grand place. Valletta an its bustlin seafront, the glances o the men bodys at her clean lines, hersel weel made up, gweed looking an jist feelin grand. The warm sun on her back, the brassy glare o sea and sky as she lookit across Grand hairbour. That wis the gweed times: lang saft nichts an saft sea breezes but there wis ither nichts, cruel nichts, nichts she'd nivver forget.

Aa the wounded fae the Gallipoli landins ferried oot fae shore aneth the cover o darkness, wi Johnny Turk as the men bodys caad them, firing at random ayee wi the hope o hittin the men bodys.

Jessie feared for aa the wounded. They'd need tae get oot tae the hospital ship afore ony mair o them deet. She did the only thing she could dee, see that they got there athoot a scutter. She'd been tired then: for mony nichts she'd cared for her charges, back an fore, back an fore an even though she'd been hit hersel she keepit it up.

Jess had been kissed and clappit a hunnder times or mair an men fowk had cast tears on seein her for she gave them hope faar there wis neen: she wis their mither, lover an salvation aa rolled intae een. It was her job tae mak sure they survived and shift them ontae the next stage o hope, the big fite hospital ship. But noo as she leaned tee till the hairbour waa, thon men bodys wid be aul like hersel noo, an nae doot some o them crippled for life but livin thanks tae her for aa that.

It wis offerin tae snaw but that didnae maitter, it was maistly caal here onywye at Macduff so a wee puckle snaw wis nae hardship. Some o the boatyard lads hurried

189

awa fae the big weir hassier they'd been busy on jist aside her, their minds nae doot on the kettle bilin in the fine warm bothy. But ae lad hidnae left; he jist stood there lookin at Jessie, she hid seen him standin there for a while thinkin he must be some kind o gaffer watchin the lads deein their work but she could see that he wis a naval officer wi a dark blue great coat wi the collar up against the noo heavy faain snaw. She couldnae see his face for the peakit cap an the collar but there wis something affa weel-kent aboot him. He startit tae come towards her and aneth the cap she could mak oot een that were full o pain. He dauchled as if he wis aboot tae turn awa.

'O dinna dee that. Come innaboot an let ma see ye for I ken yer face!'

As the officer approached she could see tears in his een, his haan gid oot an touched her as he whispered her name.

"Jess!"

Oh she wintit tae spik tae him an tell him foo muckle she'd missed him aa these years. Foo she mined the saft breezes at Valletta, his touch an foo she'd faaen affa in love wi him. She mined on the cruises roon the islands o the Med an the time his wife had turned up athoot warnin. She wis a nursin sister aboord a hospital ship. Oh she'd been jealous o Jessie but even that didnae stop the romance. She'd left them thegither wi ill-naitur in her een an nae amount o priggin on his pairt could mak her bide.

Jessie had been rale trickit at this for she wis affa possessive o her young officer. He could handle her in a wye nae man body afore or since hid been able tae dee an fin they were sent tae assist in the Gallipoli landins he'd shown jist how good he could handle her. An she had reciprocated by showin him foo good she wis, that extra couple o knots were ayee there fin needed, a wee nudge here an there on the rudder fin the cox'n wisnae peyin attention tae faar he was gan- mony wee things like that she'd deen.

An of coorse yon nicht they were gyan up the straachts aneth the cover o darkness fae the Turkish forts that guarded the channel. Jessie had spotted it, a big black thing bearin doon on her wi the current. She'd wyytit tae see if a helm order wid be given, closer an closer the big black thing hid come but still nae order. She kent then that naebody aboord had spotted the muckle thing, so tae a string o curses fae the cox'n she pulled hard ower an missed the black thing wi horns by the paint skin o her plates.

Pandemonium broke oot on the open brig as the sub gave the cox'n a baullikin doon the voice pipe an him tryin tae say in wisnae his fault that the wheel jist gid ower. Nithing else needed sayin as the trawler richt astern o them gid up as she caught the mine. *Jessie* hid been nearly lifted clear oot o the water by the force o the mine gan up for she wis only a hunnder and nintynine ton drifter.

Aifter that they'd run the gauntlet o big Turkish shells firin ontae the point o the explosive flash fae the trawler. They'd managed tae save some o the crew fae the noo sinkin trawler in the midst o shells faain aa aboot them. It hid been gey close run but apairt fae a puckle rivets lost an a buckled plate or twa *Jessie* hid steamed back tae the hospital ship her ain crew untouched.

Abody laached at the cox'n fin he'd tellt them *Jessie* had saved them fae the mine.He wis adamant the wheel hid turned itsel an there'd been nithing he could dee tae check it. Aifter aa the ribbin was ower an ither mair plausible explanations given for fit hid happened, the cox'n gaed tae the wheelhoose an thankit *Jess* for his life. Tae show his appreciation he'd cleaned her brightwork in the wheelhoose an polished her brass. Oh she loved tae feel lookit aifter.

Anither person faa kent was the captain for he'd spotted the mine fae the open brig and hid dived for the voicepipe near knockin the sub an een o the lookoots doon, but *Jessie* hid geen ower afore the order could be given. The sub-lieutenant hid geen gyte chawin the cox'n for bein usless an roarin doon the voicepipe. But the captain hid stoppit him in mid-sentence by sayin the cox'n had jist missed a mine. Then hid come the explosion o the trawler gan up an nithing else wis nott tae be said.

They'd been in the Med on patrol work till the back eyn o nineteen seventeen afore bein sent hame: *Jessie* tae

Hall Russells in Aiberdeen for a sair nott re-fit an a new armoured deck tae replace the aul yin, the captain tae promotion up fae lieutenant tae lieutenant commander an a new command, the rest o the crew scaittered aboot the fleet.

Aifter her re-fit *Jessie* spent the rest o the war on the Dover patrol up an doon the channel day in an day oot. Treated harshly an handled wi indifference she'd seen oot the war. She'd dreamed then o her young captain for the love was still deep in her breest but she kent fine that she'd soon be forgotten by him and onywye faar could a man body love a boaty athoot feelins or a soul.

Because o her bein a hunnder an nintynine ton drifter an her haein an armoured deck, she was considered unsuitable tae be made intae a fishin boat so she'd been earmarked for scrappin. Her reprieve fae the breakers yard had come in the shape o the Scottish Fisheries Protection. They hid been seekin a wee warship for tae patrol the Moray Firth.

Jessie Hutton had fitted the bill wi her flush armoured deck an twelve pounder gun on a sponson richt at her bows. Eence they took her intae commission they'd converted her tae ile fired engines, still wi her aul triple expansion engines though but oh fit a difference the ile wis, nae mair coal styoo makkin a sotter o her.

Jess had been glaid tae get back tae the Moray Firth but things had nivver been the same, she was treated

193

indifferently an handled the same. For the next twenty-one years she'd deen her best but och it was nithing like bein in the Med. For the past three years she'd lain here at Macduff negleckit an forgotten, nae langer nott for Fisherie Protection, her only future the breaker's yard! Ah but noo things were beginnin tae look up, her young officer was back an their love affair could continue fae faar it left aff sae lang ago.

In a maitter o wiks she'd been transformed fae an aul decrepit hulk intae a 'pusser warship' or so the men bodys said. She'd twa oerlikon guns fitted een edder side o the wheelhoose mounted ontae aul railway sleepers an fixed throwe her deck an a thing caad a multiple pom pom fitted at her stern. But best o aa a great muckle gun caad a fower inch high angle multipurpose gun was fitted richt at her bows fitted ontae a brand new sponson.

Aifter aa this pamperin *Jess* was a fair bit lower in the watter but her captain realised she felt uncomfortable aboot it so he'd hid the men pit in mair ballast tae compensate. Aifter that *Jessie* felt she could face onything the deep blue sea could throw at her.

Jessie likit the nichts best o aa for it was fin he slept she could speak wi him as she used tae dee. Thegither they spoke o the past reliving some o the good times, she was canny tae keep aff the bad things that had happened for she sensed his pain at the memories but slowly as nicht follaet nicht she'd found oot aa aboot his life since they'd pairted that day lang syne.

He'd been given command o the 'Annand' a seven hunner ton minesweeper an a richt bitch o a ship she was, nae one patrol wid pass athoot somebody bein badly hurt or even killed. The men fowk said she was an unlucky ship an dammt richt they were for she'd been cursed by a deein worker faa hid been crushed tae death as the very first bit o her keel had been lifted ontae the blocks an hid ae wye or anither shiftit.

By the time he'd teen command o her she'd a disastrous record ablow her plates: twa commanders killed, een court marshalled, ae first lieutenant in a mental hospital ward, eleven ratings killed by unexplained accidents and fower killed by enemy gunfire. His command hid been a shambles fae day one fin they'd rammed the coal barge as they approached it tae coal ship.

The *Annand* hid only superficial damage but the barge hid been sunk. Cairryin on wi the sweep jist oot fae Dover they'd deen their allotted area and as darkness came doon they pickit up a mine in the sweep, somethin gaed wrang an the mine hid blawn up aneth her coonter killin the hale party haulin the sweep. The explosion teen aff the stern section alang wi the rudder an the propeller. In a sinkin condition they'd been towed and finally beached at Dover.

Although cleared o blame at the inquest it hid been the

sinkin o the coal barge that hid been viewed as bad seamanship an in effect it was this that finished him o getting ony mair seagoing appointments. Fin the war ended he'd been drapped fae the navy like a hett tattie. The 'Annand' aifter repair hid geen on tae kill a few mair men and ruin a couple mair officers afore finally bein put intae mothbaas at Malta.

* * *

Jess was mair than pleased wi her re-fit an wis fair kinichted wi the paint job in the new dazzle pattern. She felt like a ship o war, she wis eence mair in the livery she'd been built for. She'd been laid doon at Hall Russells o Aiberdeen in ninteen hunner an three, she kent fine that she wis aulfashioned fae her straicht stem till her cruiser coonter, jist a big drifter she'd heard the men bodys say. Maybe in shape they were richt enough but drifter she wisnae, a net hid nivver been shot fae her side.

Jess hid been built for the Admiralty as an experiment so she wis een o a kind. Built wi great care, aye an mair nor a wee bit love, she'd returned their investment by handlin weel an bein a gweed sea boat. Although in the event the Admiralty hid geen for the much bigger trawler design *Jess* hid been neen pit oot aboot it, for *Jess* like aa first ships o a class she'd a soul an a gweed een at that.

Men fowk didnae really ken that but some like her captain sensed it an the aul cox'n o so lang syne. She was richt pleased wi her new engineer -he was a lad fae Buckie jist up the coast an his name was Zander Ritchie but for some reason abody caad him Allicky Boo. She'd managed tae spik wi him for he sensed her soul ana.

Allicky was a rascal, affa fond o weemin an strong drink but kent the triple expansion engine ootsides in. She aften spoke wi him fin he wis sleepin aff a binge. *Jess* hid tried tae speak tae the ither crewmen but gave it up as a bad job for their heeds were full o nithing but bilge water, the eens she did manage tae get through till resented bein posted tae her an cursed their bad luck bein pitten ontae an aul roost bucket. Shed' show them an afore ower lang they'd be on her side and wid eyn up cursin bein posted awa fae her.

* * *

Jess was richt prood the day she steamed oot o Macduff hairbour, her new dazzle paint touched by the bricht frosty sun the men bodys aa closed up at their stations for leavin hairbour, the movement o the oerlikons as they tracked the sky for enemy aircraft, the boat yard workers oot tae wave cheerio fae the quay watchin as their handiwork gid awa tae a new war. She could feel his touch as he grippit the edge o the open brig. Worried! Hid he lost it? Could he command again?

She hid found oot as mony things aboot her officer in the nichts he'd managed tae get sleep, even then the nichtmares hid come back! The *Annand* getting her stern

197

blawn aff, fifteen men wiped oot in the blink o an e'e. Could he have deen it different? Should he have cut the sweep instead o riskin takkin it inaboot wi the black menace attached? As mony questions! He'd blamed himsel aa these years an nivver an answer could he find.

Annand hid a lot tae answer for nae only for the deaths she'd caused an the guilt she'd left ahin. But because o the nichtmares his wife had left him for anither man, een that wisnae a nut case.

The years that follaet hid been a succession o jobs on tramp steamers plyin their trade in the far east. Heavy drinkin had cost him a few appointments as mate until eventually he'd ended up shippin as a deckhand on the *Kastroat* smugglin arms tae South America. The *Kastroat* hid been intercepted in her trade by an American warship an impounded. The owner a Greek hid been teen intae custody alang wi the officers, the rest o the crew mainly Lascars hid been deported an the dropoots like himsel wi British or American passports were left till their ain devices and a warnin tae watch faa they worked for in the future. He'd found a British ship an worked his passage hame and hid arrived at Liverpool the very day war broke oot.

* * *

Though a lieutenant commander he'd hid tae tak a drap in rank fin he'd returned tae the navy so now he was Lieutenant Jaimie Gatt. It didnae hae the ring o lieutenant commander. But strangely he didnae feel ony animosity towards the Admiralty for treatin him badly-for a start he did but nae now. How could he complain now that he wis back wi *Jess* ? He'd nivver felt so happy in many years an if he'd been o a higher rank he'd nivver hae gotten tae command her. On tap o aa this he wis back in the place he wis born so aifter a life time o traivel he'd come full circle and ended up bein in the place he loved and commandin the wee ship he loved.

He gripped the brig screen feelin the vibration mount as Allicky teen the engine tae full power. He kent the engine room wis in good haans. He jist hoped the same could be said o the brig. 'The brig', a platform abeen the wheelhoose made o weather boord an hung aboot wi splinter mats, twa voice pipes one tae the wheelhoose directly ablow his feet anither tae the engine room. Crowded wi himsel an twa lookoots he hoped nae Jerry planes appeared wi machine guns blazin for as sure as an eggs an egg the open brig wid be the first place tae be swept clear o men.

Chrome armoured plates were bein readied back at Macduff tae gie them a wee bit mair protection but the Admiralty hid ordered them tae sea athooth delay tae gie anti-aircraft cover tae a slow movin convoy crossin the Moray Firth makkin for Aiberdeen. They'd be aboot five oors steamin time till they picked up the convoy so there'd be plenty o time tae exercise the hands in some basic teamwork and seamanship. He kept a good lookoot though and the guns manned at aa times.

* * *

Jess fair enjoyed the feelin o men rinnin aboot her decks wi purpose. She'd been hauled aboot the watter in aa different evolutions   an she thocht the cox'n wis a wee bit ower ticht in huddin the wheel, nae lettin her tak her heed as she came oot o the turns. She preferred tae be slack handled. But she kent he wis only a young lad and wid soon learn. They'd spotted the convoy at mid-day steamin at six knots twenty miles east o Wick. There wis three coasters, a tanker an twa colliers as weel as an aul trawler as escort.

The escort commander blinked a signal o welcome then ordered *Jessie Hutton* tae close up tae port o the convoy so that she wis atween the ships and ony possible enemy aircraft comin fae Norway. The signaller replied and Jaimie gave the helm orders that wid tak them richt tae their station. Haafwyes throwe the turn she felt his hands tichten on the screen and felt his terror.

He couldnae believe his een: twa or three miles aff tae starboard a grey painted ship hid made its appearance an it wis makkin mair reek than a thoosan rubber tyres burnin aa at eence. He focussed his glasses ontae the ship an as the image cleared o the wafts o its ain reek the grey ship swam intae view. She felt his hairt racin and heard him gasp.

'The bloody *Annand*!'

Jess felt his seeckness as the cruel memories flooded throwe him, one o the maist miserable points in his life. The *Annand* wis makkin as muckle smoke that ivvery u-boat and aircraft as far awa as Norway wid use it as a beacon tae caa aa their mates in so that they could hae a wee turkey shoot for themsels. She steamed towards them arrogantly ignorin the escort commander's signals.

'Tae mak less bloody smoke'!

If onything she made even mair reek. The *Annand* hid nae business wi the convoy, her duty wis as fleet messenger o aa things an wis on her wye fae Scappa tae Rosyth on Admiralty business. As she closed wi the ploddin convoy *Jess* could pick up the aura o menace comin fae her. *Jess* felt Jaimie grippin the brig screen for he felt it ana.

The *Annand's* vents skirled as air was sookit in tae feed the coal hungry engines an the very thump o her engines seemed tae say 'kill kill kill kill!'

Jess hid met ships wi menace afore but nithing like this. Maist ships were neutral and jist did their job. They neither loved nor hated. They jist caad awa as best they could and widnae think o deein onything tae influence their ain destiny be it for good or bad. But *Annand* did an wid mak things happen be it simply heavin ower a wee bit extra in a high sea so that the crews meals ended up slubberin aboot the deck, or deein a corkscrew motion jist as somebody tried tae close a heavy hatch.

At the moment the black gang stokin her hungry furnaces were her favourite targets. A blaw back jist at the richt time could burn a man tae the very bone or shiftin coal fae the ready use bunker could crush a man nae bother. Een o her favourite tricks wis tae release the engine's safety valves fullin the engine space wi scaldin steam while at the same time slammin ower the rudder tae the full. She'd already pitten sax men intae the sick-bay but the week afore she'd pitten twa tae the deep wupped in canvas an firebars at their feet. She thocht aboot throwin the valve noo but decided against it satisfied instead tae belch oot black reek fae her funnels. Her class wisnae caad 'Smokey Joes' for nithing.

Annand wis weel aware her commander wis terrified o makkin ower muckle smoke jist as she wis aware her crew were absolutely terrifeet o her. Oh whit fun!

As the *Annand* closed the convoy the aul commodore o the convoy was on the brig wing o een o the colliers, megaphone tae his mooth caain the captain o' *Annand* impossible things an advisin him and his ship tae dee the ooslin bird and disappear. *Annand* played her trick and pit the rudder full ower tae starboard an her intention wis tae slice intae the collier and shut the commodore up forivver. She wis headin straicht for the shoutin commodore fin she struck the mine, so hellbent hid she been on mischief that she hidnae seen the roost- streakit menace. Mind you sayin that ,naebody could've seen it half underwater as it hid been. It was a British moored mine fae somewye tae the north that hid broken free.

British moored mines were designed tae sink if they cam awa fae their moorins, the buoyancy tank fulled wi sea water takkin it tae the bottom oot o the wye o oor ain ships. But somehow this tank hidnae fulled richt an there hid jist been eneuch air inside tae keep it floatin jist ablow the surface.

Annand skirled as she hit the mine bows on, but it wisnae wi pain she skirled. Na- it wis a skirl o pure burnin hatred and anger. Her bows opened up like a ruptured bullybeef tin lettin the water rush in. Under the pressure o her ain momentum a huge lump o water crashed against the collision bulkheed bucklin it badly but thankfully it held. Cruelly she caused blawbacks fae her furnaces an threw the main safety valves makkin the engineroom a livin hell o flames an super-heated steam wis turnin the hale place intae a lobster's cauldron o death and pain. She slewed intae the side o the collier but apairt fae takkin aff part o its brig wing nae serious damage wis deen tae it.

The *Annand* lay wallowin in the watter as cloods o coal styoo, steam, soot and roosty contents o her funnels hung like a clood abeen her. Her captain bleedin fae a deep cut in his broo, gotten fin he'd been thrown against the brig voice pipes ,slumpit ower them dazedly listenin tae damage

203

reports comin fae different pairts o his command. The bleed fae his wound gummin up his een wis made worse fin he tried tae wipe them clean wi the back o his haan. One o the brig pairty tried tae help the captain but he wis shoved roughly aside an tellt tae see tae mair seriously injured men.

Aboord the *Jessie Hutton* there wis a stunned silence as if time hid stood still. Abody on deck wis like wax dummies but Jaimie Gatt's voice brocht abody back as he shouted orders tae close wi the *Annand* an tae muster a boardin pairty tae gie some assistance tae the crew.

The rest o the convoy ploddit on its wye tae Aiberdeen an neen o them wis allood tae stop. The escort commander o the aul trawler *James Bodkin* flashed orders tellin Jaimie he'd hae tae bide wi the *Annand* till a tug cam oot fae Wick an he'd see aboot some kind o aircover ana.

As *Jessie* closed wi *Annand* she felt the menace comin aff her in waves an she wisnae the only yin tae feel it for she was aware o Jaimie's mountin unease as he gave helm orders tae the cox'n. The *Annand* skirled wi glee at *Jessie*, tauntin her wi destruction but it wis an empty threat for she wis quite deed in the watter. In her rage she'd teemed her bilers an the contents o her furnaces lay burnin on the engine room deckin. Even though, she still tried tae nudge *Jessie* as she cam alangside but collision mats hid been riggit ower the side an ready haans made her fast tae her side.

The boardin pairty soon gaed up the side an in nae

time the injured startit bein lowered ontae *Jessie's* deck. She felt for the wee bunnels o pain lyin there jist as she mined on ither bunnels wuppit up in similar blankets as mony years afore. Jaimie Gatt snappit at the lookoots nae tae bother aboot fit wis gan on roon them but tae keep their een peeled for aircraft. Allicky Boo gid onboord an *Jessie* worried aboot him, but he wis back in a short time tellin Jaimie that neen o the engine room lads hid survived bar ae badly scalded stoker fa hid been on his wye tae the deck fin superheated steam hid follaet him up throwe the hatch. Allicky said that richt noo a fire party wis clearin awa the hett coals that lay aboot the deck, an said he'd get a look at the engines eence the fires were oot. Lookin up at the *Annand* he said tae Jaimie, "That's a gey coorse shippy skipper, there's something far far wrang there!"

Jaimie nodded an said nithing, he micht tell Allicky some day.

The injured were teen ablow tae be seen till by the cook faas knowledge o first aid wis limited tae an R.N. Pamphlet that tellt ye the definition o first aid an little mair. But he did his best: strips o blankets tae cover some affa wounds ,a tot o rum an a fag wis as muckle as he could dee.

Afore lang loud bangin noises could be heard fae the bowels o *Annand* as Allicky got started sortin the damage in the engine room; tae him it lookit far worse nor it actually wis, mair o a sotter nor onything else. Maybe fower or five

205

oors wid see the repairs deen an then a couple mair tae get the fires lichtit an trimmed an a heed o steam back in the system. Some o the haans were busy shoring up the collision bulkheed at the fore eyn so that eence he got steam up they'd be able tae haud for Wick stern first. But first he'd hae tae get steam up!

Jaimie meanwhile hid problems o his ain tae sort oot, his boat wis fulled wi wounded men, his engineer an some o his hands were aboord anither ship an him tasked tae protect *Annand* till a tug came oot fae Wick or else Allicky managed tae get a heed o steam back on her. The hands hid been closed up at action stations since first licht an neether a bite nor a sup hid geen by their lips since leavin Macduff that mornin. He winnered aboot stannin them doon a fyowe at a time tae lat them ait. He wis aboot tae pass the order fin the starboord lookoot shoutit.

" Three aircraft bearin reid one five oh angle o sicht two oh gan left tae right!' A wee pause then "Heinkle one elevens!"

***

Jaimie ordered *Jessie* cast off fae *Annand,* for he'd need searoom tae protect the useless ship. Afore a puckle meenits they were clear by a couple o cables, her guns trackin the circling enemy aircraft. They were keepin weel oot o range though, nae doot they were wyin up the situation and plannin their attack.

206

Jess pickit up on Jaimie's fears but there wis little she could dee especially as *Annand* wis squealin again in pure livid anger. The malice that dreepit fae that ship wis physical an it wis as bad that ye could've teen it up wi a knife an spread it ontae a piece. She wis howlin nae handy an it wis a winder the men bodys couldnae hear it ana for it wis that loud. She wis throwin threats tae *Jessie* skirlin them oot across the water. Oh michty the things she wis gan tae dee till her wisnae real.

Then the guns began tae fire. The enemy planes were makkin straicht for *Annand* for they'd made up their mind she wis the best target, aye a sittin een, deed in the water. They attacked at an angle comin in fae the port quarter ignorin *Jessie's* guns as they lined up on *Annand*. Black objects fell fae the leadin eens belly and they wabbled their wye seeminly straicht for the stationary ship, huge geysers o dirty broon watter hid her fae view but as the spray receded it was obvious she'd nae been hit.

The ither twa planes pressed hame their attacks but were neen mair successful than their leader. *Jess* heard the howlin screams fae *Annand* as she thocht her time hid come. The *Annand's* gunners were firin at the planes but wi them bein a deed hulk they could only get in a shot here an there so it wis up tae *Jess* tae get on target. She awyted the helm orders an they seen came.

"Full aheed!"

Noo *Jess* wis reckoned tae be able tae get up tae fourteen knots aa oot an tae be a wee bit unstable at that, but of course that wis under human hands. She teen control o her engine and steerin an in nae time she wis cuttin throwe the water like a wee destroyer. She heard the cox'n curse as she draggit the wheel roon but this wisnae time for mortal hands upon her. She hoped she hidnae hurt him badly but this wisnae time for helpin canny kind. She felt Jaimie's hands grip the brig rail an heard him mutter.

"Go on *Jess* get us in line wi' the planes!"

The been wis in her teeth as she charged towards the noo approachin planes.

"Hard tae port!"

As *Jess* spun roon she wis now beam on tae the closin planes wi ivvery gun on her opened up creatin a cone o metal jist at the point the leadin plane entered it. Bits flew aff the Heinkle as fleein steel punched huge holes intae it an the pilot wi self preservation in mind, pulled up tae get awa fae the deadly fire and gid richt intae *Annand's* gunfire.

Een o the engines started belchin black reek so that wis him oot o it as the plane wallowed aboot the sky with the pilot tryin tae control it as he headit nae doot for hame.

The ither twa planes, at first pitten aff by fit hid happened broke aff their attack and circled eence afore resumin the attack but this time nae for *Annand* but richt at *Jess*. The Germans, thinkin *Jess* wis nithing but a drifter hosed her wi cannon shells. That wis usually mair than eneuch tae pit a drifter tae the bottom but they didnae ken aboot her armoured deck.

Pass aifter pass they made each time hosin the deck clear o the frail men bodies until her guns fell silent for the want o gun's crew. She felt stuff brakkin lowse inside her as she wyved aboot. The roars o the wounded, terrifeet but safe ablow the armoured deck, the crash o brakkin dishes as she near gid ontill her beam. Still they cam but at least though wi them latchin ontae *Jess,*the *Annand* wis getting a reprieve; for jistnoo onywye.

Jess's upper works were in a shambles scoored by the lashin cannon shells but still she cut throwe the water like a wee destroyer. The cox'n lay sensless under the fiercely spinnin wheel, a cannon shell hid entered his tin box an spent itsel wi a banshee's wail as it stotted aboot the confined wheelhouse but it nivver cam intae contact wi him for he'd jumpit for cover knockin himsel oot on the telegraph stand. But nae maiter *Jess* wis still under control as she jinkit aboot fae the enemy planes.

Some men bodies were on deck noo clearin the deed an wounded fae the guns. The oerlikons were the first back in business follaet quickly by the multiple pom poms. The high angle fower inch wis a different maitter though an it teen a fair meenit for the replacement crew tae get gan again, but soon the hard bumph o it jined in wi the continuous lug-splittin cracks o the oerlikons and pom poms.

The air aboot *Jess* wis filled wi the acrid smell o cordite an hung aboot her like a clood even though she wis haulin this wye an that. The enemy planes, confident that *Jess* wis on the wye oot, cam in easily tae finish her aff wi a last straffin run. *Jess* staggered as the cannon shells flailed the deck an she felt searin pain, but it wisnae her pain she felt. It wis Jaimie's for he'd been hit an she felt his hands grip the rail then release slowly as he slid tae the gratings.

In the same instant ivvery gun on her let flee at her tormenters makkin the leader intae a fleein scapheap. It passed abeen *Jess* in its death throes an pancaked fair squarr ontae *Annand's* foredeck an blew up takkin anither ten feet aff her already damaged bow.

Annand skirled in terror as the hungry sea rushed intae her ruptured bulkheed an in seconds she wis weel doon by the heed an men bodys githered in wee groups ontae her decks ready tae mak a loup for it. But *Annand,* true tae form, hid one last trick tae play fin she slammed aa the hatches tightly shut trappin dizzens o the men bodys ablow decks. *Jess's* ain anger came tae the fore for she kent fine Allicky wid be een o them since *Annand* hid threatened tae roast him as seen as the bilers were re-lit. They'd nivver be lit noo but she intendit tae tak him an aa tae the deep wi her.

Jess turned and closed wi the *Annand* headin straicht for bow section that wis still attached by bits o wreckage.

210

The menace that came aff that point wis unbelievable for this wis the seat o her evil, the cursed pairt. *Jess* upped her speed tae an incredible twenty knots, her engine skirlin in torment but there wis nithing else for it, she hid tae pairt the bow fae the rest o the ship. Her guns still blazin at the last Heinkle, she slammed intae the wrecked bow section an *Jess* felt her ain bow crumple, her prop thrashin the water as she pushed ower an throwe the twisted scrap.

The skirl o tortured steel as her hull plates cut the evil fae *Annand*; the last curse as the bow section sank tae the deep. *Jess* hauled roon an banged side on intae the remainin pairt o the ship so the men bodys could get aff her.

She wis glaid that the skirls o trapped men hid now stopped for the *Annand* wis nae langer a killer ship an she'd now gang tae her lang sleep an nae mair men bodys wid suffer because o her.

In a few meenits the wreckage wis cleared o men; aye the eens that wid be comin aff her for a fair puckle were nae mair in the world o the livin an wid be takkin their lang sleep alang wi her. As she cleared the sinkin ship the last remainin plane circled oot o range and made ae half hairted attack then gid oot o range eence mair, nae doot callin in mair bombers or maybe even a u-boat or twa.

Allicky wis doon in the engine room soothin the machinery wi liberal doses o ile an words o encouragement tae *Jess* hersel. She wis thankful her plates hid stood up tae the batterin she'd geen them. Although a lot o her rivets littered the seabed her hull wis still aricht though it felt funny kine. The last enemy plane wis gone, chased awa by a fighter oot fae Wick tae the cheers o the men bodys.

A wyke voice broke throwe aa the shoutin, thankin her for fit she'd deen, but it seemed affa far awa an there wis nae feelin o pain so she kent that Jaimie wis deein. The only thing she wis aware o wis a burnin sensation as his life's bleed ran ontae her.

He wis the only man body she'd ivver loved an he made her wish that she wisnae a ship. At times fin they spoke thegither she hated the steel an rivets that made her fit she wis. But at this moment she wis glaid tae be made o steel an rivets for it wis in her power tae save him. Quickly she spoke tae Allicky feelin his fear for she'd nivver afore spoken tae a man body openly so fin he wis headin for the hatch in a panic she slammed it shut tellin him tae listen.

He calmed doon a bit but she felt sorry for him because this wid be the second time this day that he'd been trapped intae an engineroom. She said as muckle tae him but he started whimperin that he'd at last gin roon the twist hearin voices. On his knees now he blamed strong drink an aa his bad livin he'd done, he begged forgivness fae God an blurted oot a string o ither names beggin for help fae ilka een. *Jess* kennin weel there wisnae time for aa this shouted.

"For peety's sake min wid ye get tae yer feet an stop

yer cairryon!"

She assured him he wisnae gan roon the twist an tellt him she ayee spoke tae him fin he wis asleep onywye.

Allicky even though in a blue funk began tae jalouse that fit she wis sayin wis richt eneuch for he'd ayee thocht he'd been dreamin. So takkin a deep breath he staggered tae his feet, knees still shakkin an says tae *Jess*.

"Aaricht fit is it yer wantin o ma?"

Quickly she gave him directions on the valve settins, fuel feeder lines an last o aa she tellt him tae disconnect the steam governor. Allicky did as she bid shakkin his heed sadly. He left throwe the noo open hatchway. Good engineer that he wis, he kent weel the aul triple expansion widnae tak fit *Jess* hid in mind. As he cleared the hatch it wis slammed shut ahin him then the engine began tae turn athoot the governor. It wis seen fustlin, the engineroom vents began tae skirl like a banshee as they sookit air doon for the hungry ile burners.

In a wee meenit she wis cuttin throwe the watter like a torpedo boat slicin her wye across the green sea makkin straicht for Wick the nearest port tae her. For a file she allooed hersel tae remember the mad dash back an forrit tae the hospital ship wi' her loads o pain an misery in days lang syne: the big Turkish shells tryin tae get her as she weaved aboot the narra channel. She spoke tae Jaimie aboot them days but oh me he sounded far awa.

Jess wis feelin funny kine hersel an she wis pushin throwe the water at a great rate o knots but it wis takkin her aa the work in the world tae keep straicht. She could feel the watter tryin tae squeeze its wye throwe her damaged bow but she held them as ticht she could. She pit mair revs ontae the engine an wis glaid tae feel the bow come oot o the watter. Her stern wis weel hunkered doon noo an she even seemed tae loup forrit by a fyowe mair knots seein that the drag wis aff the damaged bows. As *Jess* closed wi the coast she met in wi the tug gan oot on her feel's errand.

The skipper o the tug couldnae believe his ain een as he saw *Jessie* closin wi him an he turned tae the mate an said.

"Christ she must be gan thiry knots at the very least!"

The mate nivver replied -he jist stood there wi his moo hingin open.

The engine wis beginnin tae brak up noo an *Jess* kent she'd only meenits afore the hale lot ripped aff its mountins an blew tae bits so she threw the safety valve tae tak steam aff. It wis the only wye she could dee it for athoot the governors, the engine wis run awa an nithing could stop it apairt fae lack o steam. As the steam escaped intae the engineroom she wis glaid nae men bodys were in there for they wid've been scalded tae death if they hid been.

Enterin the hairbour wi the steam fleein fae her she headed straicht for the shingle faar sma boaties were hauled up abeen the tide line. Her bows tore deep intae the steens wi a crashin shshshsh that seemed tae go on forivver as her still racin prop pushed her half wyes up the beach an massive bangs battered her stern as the prop picked up huge boulders fae the deeper watter till eventually wi deein gasp the last o the steam wis gone an the bangin stopped.

Tae near complete silence *Jess* cowpit ower slowly as if she wintit tae lie doon for a rest. The only sound noo wis the moanin o the wounded men bodys. His Majesty's Patrol Vessel *Jessie Hutton* hid deen her duty tae the best o her ability. Soon ambulances arrived an teen awa the wounded an the rest o them were gie'n tay and rum.

Aifterhin naval lads cam an askit fit hid happened but apairt fae fit they'd witnessed they couldnae answer the burnin question as tae how a wee hunner and ninteynine ton drifter hid managed tae fecht aff three bombers, save weel ower a hunner odd seamen fae a sinkin warship an then come hame, gan at speeds that ony self respectin M.T.B. skipper wid be proud o. The cox'n kent something strange hid been gan on but nae a word did he say.

Allicky Boo kent full weel fit hid happened but nae wantin tae be put awa in some oot o the wye naval hospital as a nutcase, said nithing then wint awa an got bleazin drunk. Jaimie Gatt wis in a gey mess: bits o cannon shell peppered his body. Some fragments were a fair size an hid deen a lot o damage. It wis touch an go for weeks whether he'd live or no. Fever and delirium teen him mair than eence tae death's door.but good doctors and great nurses slowly stackit the odds in his favour.

There wis ae lassie that used tae sit wi him aa nicht haudin his hand and wipin the fever fae aff his broo. Naebody kent fa she wis but she wis left tae it as naebody hid the hairt tae interfere wi sic dedication. Eventually the fever broke and he cam oot o the delirium in the middle o the nicht so the lassie that sat wi him wis the first tae speak wi him.

"Hello Jaimie yer back in the land o the livin then?"

She smiled doon at him an soothed his broo. He tried tae spik but hardly ony sound cam oot. God ,he thocht, this is the bonniest lassie I've ivver set ee on an he tried again tae spik. He managed a low croak

"Aye nurse, but I'm nae affa sure if I've deen the richt thing by comin back."

Concern clouded her face.

"Oh Jaimie are ye in a lot o pain?"

He shook his heed.

"No it's nae that kind o pain."

He weakly teen her hand.

"Fit aboot ma boat? Is she aricht an ma men? I ken a lot were killed at their guns.."

She shooshed him and dichtit his face wi a caal cloot.

"Dinna worry. They're aa bein teen good care o." Her eyes refleckit the look on his. "Aathing will be aricht noo

216

Jaimie!"

He grippit her haan even tichter.

"Fit aboot ma boat is she aricht? The last thing I mind is her crashin up the beach!"

She shook her heed.

"I'm sorry Jaimie but she'll nivver sail the seas again. Ye see she broke her back fin she beached hersel."

Her voice trailed aff as she saw tears rin doon his face. Dichtin the tears awa angrily he said, "I'm sorry nurse ye'll be thinkin me mad tae greet ower a boat but I'll tell ye this -I loved her mair than I ivver loved ony woman in ma life!"

He began tae tell her aboot the Great War fin she put a finger tae his lips an said. "Shoosh Jaimie I ken aa aboot it, yer tired noo so shoosh."

He teen her haan in his.

"How could ye possibly ken fit I wis gan tae tell ye?"

Then he pit his heed back ontae the pilla as realisation struck hame.

"Of course I must've been blabbin awa fin I wis feverish!"

He teen her haan again.

"I'm sorry nurse for borin ye!"

A smile lit up her bonnie face an she leaned ower an kissed him.

"Oh Jaimie dinna be silly the reason I ken is because I wis there wi ye.Div ye nae get it yet? I'm nae a nurse; I'm

Jessie Hutton!"

She kissed him eence mair.

"I got my wish!"

Johnny Pangabean.

Rory MacDonald stood shiverin wi the caal breeze comin aff the hairbour alang wi a great boorach o ither lads wi the same hope in mind. They wytit afront o the closed dock gates for the gaffer tae come oot and gie some o them a sair nott day's work. Rory hoped it wid be Charlie Stewart that wis gaffer. They'd been at the Somme thegither and were aul comrades. Rory needed the money because his wee fower year aul lassie hid teen the consumption and wis in sair need o nourishin food. They'd teen her tae the doctor fa hid said she'd need tae ging tae a sanitorium for tae save her life. The man wis oot o touch wi reality. How the hell could workin class folk pey tae pit their bairn in sic a place?

The big gates creakit open and abody surged forrit. Rory gid a sigh o relief fin he saa Charlie Stewart wis the gaffer that day. Charlie shoutit that he nott thirty men an Rory wis een o the first pickit. It turned oot they were tae gang tae the Sooth brakwater tae unload an aul squarr riggit ship o its cargo o guano. Rory hated workin wi it because it burned yer een and throat. If ye got it on yer claiths it rotted them awa in a couple o days. At least this time he and the ither lads were handed a canvas overall tae save their claiths. The fairmers loved this guano for the grun and they made an affa spleeter tae get this thoosan year aul bird's shite.

The men were teen oot tae the ship by a steam drifter that workit the hairbour. Rory saa the ship wis caad the *Grace Harwar* o Stockholm, a massive beast o a ship wi her huge squarr riggit masts. There wis a half dizzen barges tied up alangside her awytin the guano fae her hull. In nae time the Bosun's mate hid them hard at work fullin the huge buckets o guano doon intae the hold.

The men were paired aff, one brakkin the shite wi an adze the ither shovellin it intae the buckets. Some o the ship's crew were there tae help ana. Rory wis teamed up wi een o them. He wis a coloured man fae Jamaica and hid a wide smile that showed Rory the whitest teeth he'd ivver seen. He wis a rare lad tae work the adze tae brak the shite but at the change ower he couldna get the guano up tae the bucket. Rory tellt him that instead o changin like abody else he'd work the shovel aa the time instead. The laddie seemed trickit at this and nodded giein een o his bricht smiles.

That day wis hard work because ye needed tae mak a face intae the guano because it hid settled in transit. Eence ye got a face though it made it much easier. At the day's eyn Rory's hands were in ribbons wi the guano but nae as bad as the Jamaican laddie.

By the time Rory got hame tae the bucht o a hoose jist aff the Guest Row he wis near foonert. A quick sweel at the wall in the middle o the close refreshed him and also made sure that neen o the guano got near his wee lassie. As he gid up the dank stairs he could hear her hoastin. It hardly stoppit noo- jist a dry hackin cough nicht and day. As soon as he got in he pickit her up intae his bosie an showded her back an fore. His peer wife lookit on an he saa that she'd been greetin. Smiling Rory handed ower the few shillins he'd made that day and in nae time his wife left tae get some mait for their supper.

Later on Rory sat in front o the fire wi his bairn in his bosie. She'd managed a wee spoonfae o soup afore the coughin started again. But noo wi him haudin her tae keep her lungs clear she'd sattled doon intae a troubled sleep. Rory tellt his wife aboot the Jamaican laddie and how fite his teeth were and that he'd the strangest name he'd ivver heard - Johnny Pangabean.That brocht a smile tae his wife's face. Fin he tellt her aboot his haans bein in sic a mess wi the guano she said tae tak a jar o the stuff she made up for Rory's hands. His wife made it wi lard and paraffin wax and it fairly soothed chappit skin.

For the rest o that wik Rory got work wi the guano and each day Rory teamed up wi Johnny Pangabean. His haans were much better noo usin his wife's cream. On the last day Johnny handed Rory a wee horse carved oot o bone and tellt him tae gie it his child as a present from Johnny Pangabean. Rory wis fair teen aback at this because he'd nivver tellt Johnny aboot his bairn, leastwyes he didna think so.

That nicht fin he got hame the bairn wis much worse.
She wis delirious and covered in swyte. He sat wi her in his
bosie the hale nicht listenin tae her trauchled breathin. He
put the wee horsie in her haan and at that she opened her
een and smiled up at him afore slipping back tae sleep. Ower
the next fyowe days she got a lot worse and meenit by meenit
they thocht she wis lost tae them. Rory hidna slept affa
muckle, leavin his wife tae get some sair nott rest instead .
Onywye he hid got eased   tae deein athoot muckle sleep
during the war. But the time cam fan he'd hiv tae ging back
tae work for their coppers were rinnin low.

He wis lucky and ower the next fyowe wiks he got a lot
o days doon at the docks unloadin different cargoes but
thankfully nae guano. He thocht aboot Johnny Pangabean
and windered fit he wis deein. His wee lassie had slowly
startit tae get better and widna let the wee horsie fae Johnny
oot o her haan. She wis still affa nae weel but comin tee
slowly day by day an hid even startit takkin a bittie interest
in her surroondins.

Ae nicht he wis sittin at the fire wi her in his bosie fin
she held oot the horsie tae let him see it. Then she began tae
tell him that ivvery nicht a coloured man wi a bonny smile
saddled the unicorn and took her fleein ower the bonniest
places she'd ivver seen. They'd land on beaches and he'd get
her tae ait fruits that she'd nivver seen afore and the fruit

wis affa fine on her throat.

Rory jist couldna believe fit he wis hearin and wished his wife wis waakened tae listen. She gid on tae explainin aboot her adventures like an adult instead o a wee lassie o little ower fower years aul. She tellt him the man hid a funny name but she could mind his first name though.

The hairs on the back o Rory's neck were stannin up by this time. He asked her fit the man's name wis. She wytit a fyowe seconds and said "Johnny." but that the ither name wis funny. Rory said lowly "Pangabean?" At this her een lit up and she giggled sayin, "That's it dad- div ye ken him? He says that I've still tae go wi him and ait mair fruit afore I'm better."

Rory nivver tellt his wife aboot this because it wid only worry her so he keepit it quate. The bairn improved as much ower the next three or four months that there wis hardly ony coughin at nicht. The weather wis warm and one day she even gid oot tae play in the fine sunshine.

Charlie Stewart hid managed tae get Rory a full time job doon the docks so Rory wi a regular income could affoord tae buy his wee lassie gweed nourishing mait. A fyowe wiks later the *Grace Harwar* returned wi a fresh load o guano. As soon as he saw her he got aboord her. Seein the Bosun's Mate he gaed up tae him and asked tae see Johnny Pangabean.

The Bosun's Mate lookit at him as if he wis blate and said he'd nivver heard o onybody wi that name. But Rory said that he workit doon the hold alangside him the last time the *Grace Harwar* wis here. It wis the same Bosun's mate as afore so surely he must mind on him! He tellt him the name again and said Johnny came fae Jamaica. That didna mak ony difference tae the Bosun's Mate fa said in aa the time he'd been on the ship there'd nivver been a Jamaican in the crew.

Aljusad.

'Shite!' I tried to mak masel as small a target as I could by cooryin intae the rocks here at the bottom of the pass. The Afghan tribesmen had sprung a perfect ambush on us, firing as they were fae the sides of the Khyber Pass straicht doon ontae our position. Oor sergeant big Rab wis livid an he cursed the Afghans till the very cats widnae lick their bleed supposin it was in a saucer. But of course it wisnae gan tae be Afghan bleed the cats would be getting a lick o. It was gan tae be gweed Scotch bleed and if we didnae get oot o this place there was gan tae be plenty o it.

Rab shouted for us tae fire back at the buggers and tellt us tae shoot at the smoke clouds fae their discharges. The tribesmen were firin muskets- nae sae accurate as oor Enfields but that didnae matter a damn because they were pingin us fae well abeen and could have thrown rocks doon ontae us wi nae problem. Musket baas were slapping on the grun and skytin aff the rocks aside us an that wis fit wye I was trying tae become een with the boulders and mould masel tae the under edge. But wi Rab's order me and my comrades now hid tae come oot fae oor hiding places and shoot back.

There were a lot o fite faces I can tell ye an mine was likely the same because I was shittin masel wi fear. My

225

poophole was fair winkin and the hairs on the back of my neck birstled. I tried tae keep calm as I fammilt wi ma rifle bolt. Some aul sodjer eence tellt me that once you go intae action training taks ower and ye load and fire automatically.

Weel it didnae seem tae be happening tae me because try as I micht I jist couldnae get the damned thing tae fire. Rab must've seen my predicament and cam chargin across fae the ither side of the narra pass follaet by a swarm of musket baas afore throwin himsel ahin my wee bit o cover. The only thing he said tae me was "Corrich!" [idiot] and grabbit the rifle fae my fammels [hands] and draggit the bolt back, lookit inside, blew oot a load of sand and slammed the rifle back at me.

"Now shoot the buggers!"

He made awa again, his passage marked by a swarm o angry wasps weerin lead jaickets. Miraculously he wisnae touched and reached his ain bit of cover and startit firin up at the tribesmen fa were getting bolder at the sicht o oor inaction.

They were stannin termintin us instead of being ahin cover so fin we fired, oor shots hid some effect and I personally saw twa Afghans faa back as if they were hit. I jist kept reloading and firin up at the buggers an ivvery time I saa a puff o reek I shot at it. I heard a whacking sound then a gasp and the man nearest me convulsed for a meenit or twa then lay still.

I sidled ower tae him keeping under cover as much as I could an pulled him ontae his back but he was steen stiff staring deed. A musket shot had burst his broo wide open exposing the inside o his napper. A fyowe shots cam my wye so I crawled back tae my wee bit which wis safer by far. Mair shots hit the already deed man wi seeckenin thwumps so I was better oot o thon place.

There was thirty of us pinned doon an we could neither move back nor forrit and they, like masel, lay ahin ony wee bit cover they could find and were shootin back as best they could. The main column should've been up with us lang syne but as yet there was nae signs so we'd jist hiv tae keep firin until they did mak an appearance and gie us a wee bit caatee against the Afghans.

Aifter aboot an oor of time passin and still nae signs of the column Rab broke cover and cam chargin ower tae me. His huge body wis instantly the target for every tribesman on baith sides of the pass and musket baas cam at him like hailsteens. Wi a mighty lunge all six foot fower o him slammed doon at my side in a clood of dust sprinkled with lead bullets an the butt o his rifle caught me on the side knockin aa the wind oot o me. As I lay gasping for breath Rab shook me.

"Are ye aaricht Donny?"

Obviously he didnae realise that he'd winded me an thocht I'd been hit.

"Na I'm aaricht Rab jist winded I'll be fine!"

I managed tae gasp the words oot atween deep braiths and I'm sure my ersehole was sookin air in as well. I dinnae ken if it tried tae spik but it widnae have surprised me if it did. Rab put his heed close tae mine and said, "We're feeckit Donny if the column disnae come soon. The tribesmen will ken fine we cannae get oot o here so they're gan tae come doon fae the heichts in a great boorach and murder us and there's fuck all we can dae aboot it!"

I'd been thinking the same masel for they must've been ten tae one against us at the very least because the pass abeen us was a veritable smog bank o dischargin musketry.

My poophole, aaready winkin wi the fear wis doublin it's twitchin. There's nae wye I relished the thocht o the Afghanies gettin their hands on me, some o the stories I'd heard tale of wis eneuch tae mak the very hairs on the back of my neck birstle. I noddit tae Rab and asked "Whit are we gan tae dee Rab?"

Rab ducked low as anither splattering o musketry hit the boulders we sheltered ahin and blinkin throwe steen chips and dust he laached oot loud. I thought for a wee bit that he'd went moich but it wasnae madness but humour that brocht on the laachter.Rab was yin of the best sergeants in the Gordons and yin of the teuchest but it was said he'd a wicked sense of humour especially when things got bad. I was seein it in action for the first time at this moment .

Things could hardly be worse and here's Rab laachin his heed aff. He eventually managed tae stop laachin and said, "Whit are we gan tae dee?" afore bursting oot laachin eence mair.

It wisnae a hysterical laughter jist a deep belly shakkin laach as if he was sitting at a bar haein a dram wi some o his freens. Some of the men nearest tae us looked ower and powkit eenanither and tae my amazement their styoo covered faces broke intae huge grins.

It was said Rab was the very man to hae aside ye in a ticht spot, that he could ayee find a wye oot and gan by the reaction o the men maybe the story wis richt. But a quick look ower the boulders wis eneuch tae mak me wonder if somehow this wis the eyn of the line for us.

The tribesmen emboldened by oor puny return fire were makkn their wye doon baith sides of the pass some dauchlin a meenit tae fire, ithers nae even botherin but jist clammerin fae steen tae steen.

I shook Rab "Look Rab the tribesmen are comin doon in droves, we're gyan tae get oor ballicks chappit aff if they get their fammlis (hands) on us!"

Rab, laachter forgotten roared, "Right lads mark yer targets and let the fuckers hae it!"

The men put up a withering fire ontae the approaching tribesmen that dropped mony and made the ithers retire ahin the cover they'd jist lately left. I could see some of the tribesmen crawlin back up the side of the pass like flees on a camel's hingin ersehole clartit o shite. Some o them hid on flowin robes wi turbans on their heeds an ithers had baggy troosers and dark jaickets affa like a tunic. They werenae so easy tae get a shot at but the yins with the flowin robes were richt easy tae spot.

"Cease fire!"

Rab came back tae me and crouched doon. He grinned "That showed the fuckers!"

I managed a ticht grimace that might've passed for a grin for I still didnae feel easy but Rab seemed trickit. As trickit in fact that he pulled oot a wee cutty and in a moment or twa's deft handling of the flint and fleerish reek wis yoamin fae it, he sat himsel doon and sooked contentedly.

Rab was weel ower sax fit wi a pair of shooders on him like an ox that made him look one hardy bastard. Dark skin covered his gweed lookin face, a big moustache and a thick iron grey heid o hair gave him dusky gweed looks that weemin couldnae bide awa fae. Rab wis my mither's uncle and had jined the army as a drummer boy fin he was aboot twelve He'd been in the army ever since and had seen action aa ower the Empire.

He'd been hame tae New Deer twice in my lifetime, eence fin I was a wee bairn and the last time wis seven years ago. His stories were jist the thing for young lugs tae hear and it wis then I decided I wanted tae be a sodjer jist like Rab. Now here I was in Afghanistan being shot at, my mooth that dry wi thirst and the sun cookin the very life oot of my body. Nae far fae faar I lay hunners o angry tribesmen awyted their chance tae cut the ballicks fae ma and dae some ither nasty things tae ma person. Aye I'd deen weel for masel richt eneuch, here's me thinking I'd be a hero but instead I'm lyin wi my ersehole winking watching Rab sookin his pipe.

The tribesmen hid gotten a bit of a begeck at the hett reception we'd given them and were now well oot o wir effective range although some were keeping up a desultory but useless fire on oor position. Rab turned and lookit ower our meagre rock cover and said, "That showed the buggers fit tae expect, they winnae be so keen next time!"

He sat back doon and spoke tae me quately.

"Look laddie we're feekit if they come again so ye'll hiv tae rin back tae the column and tell Captain Moore tae gie us mair men so we can clear the tribesmen fae the pass!"

I wisnae too keen on gyan back tae the column and tellt Rab so, but he was determined. He said that I'd be far safer gan towards safety than bidin here tae be killed like a rat in a trap. Even though Rab wis my sergeant I wis faimily first ava so I could get awa with a bit mair than the rest o the men although in front of them he was usually affa canny that nae favouritism was shown towards me. Mony's the extra rifle drill I was given for the least mistak I made, so bad wis it sometimes that the aulder sodjers wid grummle

231

amangst themsels as tae how bad Rab treated me. It wisna like him

Fin that happened I wid jist curse sergeants in general and let it be at that. But noo I could see Rab wis troubled, I weel understood his motives for getting me tae fuck oot of this place but I wisnae keen on leaving ma comrades tae their fate. I speired at Rab fit wye we didnae aa mak a dash back tae the column because they must've been alerted by noo wi aa the shooting gan on? They were at maist a couple o miles back the pass and surely they'd hiv sent oot a rescue pairty.

Rab shook his heed.

"Na Donny it widnae work. Afore we got as far as the first bend they'd be ontae us in droves and we'd be slaughtered like sheep in a killin hoose!"

Poochin his pipe he cairried on "Oor best bet o survival is here ahin some kind o cover." noddin towards the tribesmen's positions. "They'll nae be so keen on attacking us for a file and afore they do you should be back wi a relief pairty!"

I wis forced tae agree that it made sense. I was fit and could rin like the wind and wid be back tae the column in nae time ava. Of coorse that's if the Afghans didnae get ma! Rab laached at my misgivings aboot the tribesmen catching me and tellt me that I should be aaricht as lang as I weaved plenty as I ran and used the shaddas to pit them aff their aim.

"Onywye" says Rab "It's maistly aulder men that work the flanks while the younger yins are the spearheed and are at the front o oor positions."

That was supposed tae reassure me, I think, but I couldnae help refleckin that the aulder men wid be the better shots because they'd the maist experience. I took a quick look ower my rock at the tribesmen fa were keepin their distance but there seemed tae be an affa lot mair o them noo.

Ivvery noo an then a puff of smoke could be seen fae the side of the pass. At that distance the baa would hardly hurt ye if it hit but some of them still made a fair thwack as they landit so I kept my heed doon for fear.

"Right!" says Rab, "Tak a good slug of yer watter. Ye'll be needin aa the fluids ye can get afore ye reach the column!"

I did as Rab bid me and weetit ma thrapple wi the warm brackish water fae my bottle. It tasted foul but watter's watter so doon it gid. I took aff my tunic because there was nae wye I wis gyan tae run in this heat wi a thick reed tunic and hae ivvery Afghan shoot at the gype stannin oot like a reed beacon on a dark nicht. Rab noddit approvingly and laached as I threw the panny white hat ontae the grun wi ma tunic.

"Aye min, yer learnin weel aboot this sodjer cairry on!"

Rab clappit me on the back and said, "Go Donny rin like the wind!"

233

Grabbin up ma rifle I slottit the lang bayonet ontae the eyn and wi an "I'm on it!" for Rab, I started tae run. I was gey near at the first bend by the time ony of the tribesmen jaloused but soon the crack and zing of bullets were coming aboot me like hornets. Abeen me I could mak oot the Afghans leaving their cover and makkin their precarious wye doon towards me.

Fin I cam at the bend I started tae weave and sure eneuch a volley of shots follaet me. Ae bullet tuggit at my sleeve an I wis richt- the aulder men were the better shots so I hunched my back a wee bittie and really startit tae jink oot an in while at the same time diving in and oot of the shaddas tae pit the buggers aff their aim.

My chest was haivin or this time, the mixter o heat, styoo and fear wis makkin me sook in air like an auld bauchled steam engine, the swyte wis fleeing fae me and my claithes were stickin tae me.

I cursed the tartan trews and wished the bastards had left us with oor kilts that were far better suited tae the heat. My curses were pointless at that moment because there wis a big bastard Afghan wi flowing robes, turban the lot in front o me. He jist grinned and threw doon his musket. Drawing oot fae his plaid like cover a long kurrah sword, he hefted it intae his left haan an gave me a mocking challenge.

I nivver stoppit rinnin but kept on richt at the bugger and stuck him under the ribs an ae brief moment afore the licht gid fae his een I saw terror in them. I booted his body fae me and gagged at the stench fae his puddins. Affa near boakin I cairriet on my wye.

Funnily I lost my fear then an it wis replaced gey near straicht awa by a burning anger whether at mysel for killing a man or at the man for makkin me kill. I nivver found oot but fitivver ,anger replaced fear an I saa things crystal clear aifter that.

At this point the fleer of the pass rose steeply and gets so narra that twa mules can barely pass especially if they are loadit. I'd hoped tae meet in with an advanced party fae the column but instead three tribesmen wytit there. Thankfully they werena lookin my wye but beyond the narrows back the wye that the column would come. I didnae wint to stop but hid tae so I slipped intae some rocky cover and got my braith back.

I wis in a snorrel noo, nae doubt there'd be tribesmen follaein me. Hopefully Rab wis richt aboot it bein aul men guardin the flanks, they'd tak far langer tae catch up wi me. My only hope lay in my killin the three men tae my front, they were aboot a hunnder yards fae ma and well within the killin range o my Enfield. And if they were tae conveniently staan still I'd pick them aff as if targets at the Blackdog rifle range back in Aberdeen.

Someye or anither though I didnae think they'd be that obleegin. The only thing I could think on deein wis tae hit them hard and keep them wrang fittit. I wid use that tactic here, hard and fast. I crawled a wee bit closer tae mak sure o my aim and slid a round up the spoot. Wiping the swyte fae my broo I took aim on the tribesman nearest tae me I put the sicht ontae the middle o his back and squeezed the trigger.

He fell like a rag doll, aa this was just at the edge of my thoughts as I bolted anither round hame changed target tae the next man, faa wis starin in shock at his fallen comrade, and fired. He skirled and fell writhing on the grun while the third tribesman, fully alerted now, dived for cover. I bolted anither round and fired at him tae keep his heed doon then shifted faist tae his hidin place wi the rifle held oot in front of me like a pikeman of old.

I covered the grun in jist a fyowe seconds but he was faister and raised himsel fae cover so I was looking doon the barrel of an aul British Springfield rifle. Aathing went in slow time for me as he pulled the trigger. I felt the bullet pass the side of my face by inches and saw the panic refleckit in his een as he realised that he'd fucked it. I startit tae roar as I closed wi him. As he tried tae scramble awa fae the point of my bayonet he squealed like a bairn and in that instant I realised he wis jist a young laddie. I stoppit in my tracks and couldnae shove the bayonet intae his cowering back so instead I hit him wi my rifle butt and grabbed his dropped Springfield and smashed it against a rock. Of the ither twa tribesmen one was obviously deed the ither wis groanin. I smashed their weapons as weel.

A quick check ower my shooder satisfied me that naebody wis comin up the pass fae ahin so I ran on throwe the gap and made my wye doon the narrows jumpin ower the boulders scaittered on the fleer of the pass.

The heat was oppressive in the enclosed channel even though it was in deep shaddas and as I ran wi the echoes o my beets ringin ower an ower again, ma hairt wis bangin in ma chest and ma mooth was as dry as a bone wi my braith tearin its wye tae my lungs like the hett blast o an oven.. Swyte ran into my een stingin them an that jist added to my misery makkin me styter aboot like a drunkard ower the roch steeny grun.

I wis rinnin oot o strinth an I kent that if I didnae find the column afore lang that I'd be goosed in this affa heat. The pass opened up at this point and you could see for a couple o miles afore the sides closed in again and turned tae the left up towards the ruins of an aul fort. I did a quick three hunnder and sixty scan and crouched doon tae catch ma braith. I teen a moothfae of watter fae my bottle and sweeled it aboot afore swallae'n it. Nae drink hid ivver tasted so gweed as the warm brackish liquid made its wye doon ma pairched gullet.

Nae signs of the column did I see apairt fae the marks made by army boots on the dry grun. The place I was at wis very near faar we'd left the column that mornin. A quick raik aboot and I found faar they'd turned back. They must've left as soon as they heard the firing on the skirmish party, the coordy bastards! Because hear them they must've for in the distance I could at that minute mak oot the sharp crack of the Enfields comin doon the pass in a mulch of echoes.

The Enfield's high powered round made a shusssh shusssh sound as it passed through the hett dusty air at high velocity. The Afghan weapons made a dull baff sound on discharge. At this moment there seemed tae be a helluva lot mair Afghan rounds than oors. Rab and the skirmish party were surely getting it heavy again. At that I got tae my feet and forced my wearied legs tae move. For a start they hid a mind of their ain but eence I got rinnin proper the stiffness eased aff and my legs did as I bid them.

As I got intae my stot I felt better. The rest and the drink had deen some gweed. It wis still searingly hett and especially now that the pass opened up a bit. But the going wis much easier and the air was a wee bit clearer so I fair kniped on breathing much better noo that I was awa fae the enclosed pass.

In aboot an oor I caught up with the tail eyn o the column and glaid I wis tae see them. Some banter wis exchanged atween mysel and the native levies as I stoppit tae drink fae a proffered skin of water. They were rale amused at my condition an some witty remarks were made at my expense. Thanking them I made my wye past the rest of the column tae even rocher comments fae the troops.

I reached the heed o the column lookin for the officers but they were weel in front on horseback. The corporal tellt me tae bide in the ranks but I said I'd an urgent message for Captain Moore. By gweed luck I could see them dismounting up aheid so I hurried up tae them and stood tae attention and peched oot Rab's message. Captain Moore jist lookit at me as if I wis something ye'd find aneth yer fit aifter a dog hid passed.

Ignoring me he turned and said something tae Sergeant McLeod. He came forrit and asked me fit wye I wis oot o uniform. I didnae ken fit tae say tae this. I hid explained my reason for bein here but the officer jist didnae seem tae be listening. I startit tae tell him again but I nivver got ony farrer than the first fyowe words fin he roared like an enraged bull and ordered me put under arrest. Sergeant McLeod the erse licker that he wis jumpit tae attention and dived at me as if I wis aboot tae strike the officer but I jist stood like an eejit mair shocked than onything at the captain's disregard for fit I hid tellt him.

A couple o the subalterns snichered at my discomfiture and it wis aboot then that the penny drappit. This bastard wis rinnin awa and leavin the skirmishin party tae their fate. Me turnin up must've buggered up the hale plan for him: fuckin coordie bastard. Like a gype I said as much and endit up gettin a cut across the face wi his swagger stick for ma

239

troubles.

He really got workit up aifter this and roared at Sergeant McLeod again tae pit me under arrest for gross impertinence tae an officer o the Crown. Wi a servile look on his face McLeod orderd twa o his squad tae arrest an tie me tae the wheel o een o the wagons. He lookit up for the pat on his heed fae his beloved Captain Moore but instead Moore jist glowered at me and rode awa.

"Right ya bastard!" roared McLeod.

I wis helpless wi baith wrists faistened tae a spoke wi my back against the wheel as if half cruicified. I wis in a sittin position wi my feet tae the front an kent fine I wis in for a good kickin. I didna hae lang tae wyte as McLeod ran at me and aimed a kick at my exposed chest. I tried tae roll wi the kick tae lessen its effect but tied as I wis there wisna ony chance o that. His boot near liftit me aff the grun and I felt the searing pain bash through me as my rib cage gey near exploded. Ivvery bit o braith wis caa'd fae me but I did manage tae pech "Ye dirty bastard!" afore he gid clean gyte and startit kickin at ivvery bit o me that he could get at.

I've nae idea foo lang he kept it up because I wis in far ower muckle pain tae ken. I jist mind tryin tae protect my bawbag fae his kicks fin he landit a massive hoof tae ma heed an I must've passed oot like a shot sharny bull.

Fin I cam tee my heid wis hingin near on my chest. I didna move because I could hear Captain Moore spikkin tae somebody near by. He wis sayin something aboot Big Rab.

"Thet's great news sergeant! Are you sure they are all dead?"

I hated the sound o his voice an foo he affected fit he thocht wis a posh uppercrust accent but he wis actually an Aiberdonian Shoemaker's son that paitter hid bocht a commission for.

I painfully put up my heed and saw it wis McLeod that he spoke till. I wis in agony and could hardly breathe because maist o my ribs were on fire but I managed enough braith tae shout "Bastards!"

That got their attention. Moore came ower tae me and started tae lash me wi his swagger stick and the dirty bastard tried tae pit ma een oot wi it. But he forgot my feet were free and I swept his feet fae ablow him and he landit hard ontae his face.

He nivver got a chance tae pit a haan oot tae save himsel. He got tae his fowers wi the bleed and snotters fleein fae him. Een o his haans wis within my reach so I brocht the heel o my fit crashin doon ontae his fingers and he skirled like a wee lassie. That's the last thing I mind as Sergeant McLeod swung his rifle butt ontae ma heed.

"Donny!"

Throwe the agony o my battered body I'd heard my name. "Donny! Come on min get tae yer feet!"

I groaned wi the pain but I managed tae look up and

241

saa Big Rab stannin.abeen ma. He wis smilin doon at ma and Jesus he wis in full mairchin order and even wore his kilt.

The rest o my squad stood aroon smilin doon at ma as weel. They were dressed the same as Rab wi their reed coats and their Gordon tartan kilts abeen their knees. Rab bent doon tae pull ma up but I shouted tae him, "Hing fire Rab ivvery rib in my chest is broken!"

He laached and pulled ma tae ma feet. There wisna ony pain ava. I stood aside him an started tae relate fit hid happened but he jist put a haan on my shooder an shook his heed. Turnin tae the men he ordered them in twa ranks.

"Right Donny get intae line!"

I wis surprised tae realise that I wis in full mairchin order ana so I shoudert my Enfield and got intae ma place. I lookit back at the broken and bloodied ragdoll tied tae the wagon wheel and lookit intae my ain face wi the starin lifeless een.. Rab at the heed o the men shouted his favourite mairchin order...

"Left right keep in good order, lift yer kilt and shite in the corner!"

242

The Prechum Steen.

It wis a fine saft forenicht as Cathy lay fochendeen in the bow camp on tap o a puckle straa for a bed. For wiks noo she'd nae been feelin weel an this day hid been by far the worst. The lump in her side seemed tae beat oot its pain wi the rhythm o her hairt an o me but she wis weak. For the past month an mair she'd been hardly able tae keep doon a dish o tay let alane a bite o mait. She kent richt weel her time wis near an yet there wis so muckle left tae dee. She heard her granbairns playin aroon the camp, peer wee thingies, as if they'd nae suffered eneuch wi lossin their mither an faither tae the winter fever. Her dochter Teeny hid teen the fever an deet in three days. Her man Alec hid laisted a wik.

Aa that Cathy winted wis tae get them tae Eden a wee bittie fae Macduff. At Eden there wis a Tinker's camp caad the 'Lichtin Green' aside the ruined castle. Some o their ain wid be there an they'd tak care o the fower wee bairns. The minister at Eden wint by the name o the Reverend Gordon S. Gow an wis the kindest man that ivver waakit the face o the earth an nae wye wid he let the authorities pit the bairns intae a home as they did dee in ither parishes. He kent the Tinker wyes an nivver made a feel o their ancient beliefs an mony's the time he'd stood up for them against the officials so he wis lookit on by the Tinkers as a hero.

Throwe the bit gap o the canvas that acted as a door she could see her aulest granbairn Mary scutterin aboot at the fire makin a moothfae o tay for her grunny. The peer wee craiter that wis only nine years aul but aaready wis showin the determination that she'd need tae get throwe the coorse times aheed. If it hidna been for Mary they'd nivver hae gotten this far on the road. She'd stuck tae her grunny like a limpach (limpet).

Rinnin spraachin (beggin) fine things fae the fairms an cottar hooses they passed on the road but first gettin Cathy sutten doon an tellin the younger yins tae look aifter their grunny.

"Aye God bless her but she wis a wonder!" mummled Cathy. She wis that tired though that the words were hardly able tae pass her lips.

That very day she'd seen the fabled 'Prechum Steen' that portended her ain death. It wis said amongst the Tinkers that here in the Cabrach is the very place their race began and that they were originally steen workers. At that time the Cabrach wis covered in the lushest forests fulled o giant deer an the burns were said tae be stappit foo o fish.

The Tinkers as they're kent noo were at that time the finest steen shapers in the hale land: they could fashion steen aixes, flint arras an workin tools o aa description. Fin ither steen workers made roch tools the Tinkers made them polished an smooth and even then they were famed among

244

the tribes far an near. It wis said they'd a magic pillar steen given tae them by the gods an they prayed tae it so that their haans could fashion the steens like nae ither.

The 'Prechum Steen' so named aifter the ancient goddess o dreams an truth stood at the side o a wee lochin and wis protected fae the een o them that werena o the same tribe by a palisade o waan, rowan an hazel trees wiven thegither an still livin.

Noo that's as far as that history gyangs but tae this day Tinkers ken their time on earth is near up if they dream on seein the 'Prechum Steen' but occasionally like in Cathy's case she actually pit ee on it. She marked it weel in her mind that very mornin as she saw it glintin in the early mornin frost. It wis a gift fae the ancient gods o her fathers and she kent fine fit she hid tae dee tae get their help for aa Tinkers o the bleed were brocht up bein tellt how tae invoke their help.

It is tellt among the Tinkers how in ancient times their forefathers looked aifter this magic steen for the gods an in return their tribe wis given the gift o workin steens intae the best tools in the land.

A king fae a distant land heard o these fowk and the Prechum Steen wi it's magic powers so he teen his army tae steal it. Onywye, he laid siege tae the place but the Tinkers werena willin tae let their gift fae the gods be teen awa fae them athoot a fecht so fecht they did.

Months passed an nae side could ootdee the ither till

245

eventually the king got his men tae mak rafts o logs and closed aff the lochan fae the Tinkers an teen awa their source o mait an water. Aifter that it wis only a maitter o time afore the enemy wid get ower the tap o them an slaachter ivvery man, woman an bairn.

So on a nicht fin darkness wis complete aa the Tinkers left that place forivver . Nae a sound wis made, nae a hoast or a fitfaa wis heard by the enemy an they got clean awa. Neist mornin the army teen the place and in nae time they set aboot diggin up the magic 'Prechum Steen' but nae maitter foo muckle they dug next day aathing teen oot the day afore wis back in the hole and eventually aifter sivven lang years they hid tae gie it up an return hame. The only thing they gaed awa wi wis a chunk they'd managed tae brak aff o the tap an little gweed it did them for nae one man o that army reached their hameland. Their king wis said tae be the last man tae dee an lies somewye atween the Cabrach an Bennachie.

The gods were angry wi the Tinkers and in punishment they teen awa their 'Prechum Steen' fae the sicht o fowk an the lochan faar the steen stood is in the same place weel oot o the sicht o men.

The name o the lochan is the real name that Tinkers caa themsels and as the centuries passed an times changed they became workers o tin though they still caa themsels aifter that hidden lochan but tae abody else they are Tinkers.

The 'Prechum Steen' an the nameless lochan became as a fable amongst the Tinkers but the ancient gods werena aathegither cruel an hid left them gifts; een o them wis the gift o divination.If a Tinker dreams o the 'Prechum Steen' that means the gods want the dreamer at the 'Tap Camp' but if ye see it in space then that means the gods can be askit for help. Cathy smiled tae hersel sadly- could this only be the vision o a deein aul woman faa's desperate?

She teen oot her spyuchin (purse) an fae it a twa'r three coins that she'd gie tae wee Mary in case the gods didna help her. But ae coin she pit intae the pooch o her cwite for that yin she'd nott afore lang. Her aul faither hid given her the coin on his deein day sayin that she'd ken the time tae spen it fin it cam. Noo that time wis here, she'd ask the gods tae grant her a fyowe mair days tae get the bairns safe an then they could tak her tae the 'Tap Camp' faar the music an stories gyang on athoot eyn an the kettle is forivver fulled o the very best Tinkie's slab (tea).

She caad oot for wee Mary tae come intae the camp and handed her the puckle coppers sayin, "Mary I've tae ging awa for a filie an if I dinna come back by the forenicht tak you the bairns up tae the fairm abeen this quarry an ging tae the fairmer Bill Gow by name at Sooraldaab an tell him faa ye are an that he's tae get ye tae his brither at Eden faa's the minister there. He'll see ye get tae yer ain folk."

Wee Mary's een fulled o saat tears for young though

she wis she kent her grunny wis affa nae weel. Tearfully she promised that she'd dee as she'd been bid and gaed intae her grunny's bosie sobbin fit tae brak her aul grunny's hairt. Dichtin Mary's tears wi her thooms she askit o her tae get a hazel staave for her journey. Fin Mary left, Cathy teen the ither bairns tae her bosie an tellt them tae dee Mary's biddin an it teen aa the work in the world tae haud the saat tears back fae her aul een though her hairt wis brakkin in twa.

In nae time Mary cam back wi a fine strong staave an got her grunny roadit helpin her tae wun oot o the low bow camp. Michty but Cathy wis affa wyke but she hoped she'd be able tae mak it tae the Prechum Steen.

Mary waakit a wee bit o the road wi her grunny but Cathy tellt her tae ging back tae her sisters an brither. She held the bairn ticht an muttered aa the blessins on her an begged the gods tae gie her strength tae gyang throwe the comin days athoot her grunny.

Cathy struggled alang stoppin an startin ivvery fyowe yards as the pain in her side wis near takkin the braith fae her. Ae time she teen the coin fae her pooch that her aul faither hid given her on his deein day. It wis made o siller aboot the size o a saxpenny but misshapen an on the front a man that wis supposed tae be the Bruce or so she'd eence been tellt. The man that tellt her offered her twa haafcroons for it but Cathy widna pairt wi it for ten times that. Mony's a time she could've spent it but her faither's words stoppit her

"Ye'll ken the time tae spen it fin it comes".

This wis 'that time' an her seein the 'Prechum Steen' that very mornin proved it. She cairried on a bittie at a time till she cam tae the haanfae o girss she'd laid doon at the roadside as a marker but look though she did nae a sign o the steen could she see. The forenicht wis weel on by this time an the licht wis beginin tae fail, Cathy kent she'd nae manage tae wun back the road for she'd used the last o her strength tae get tae this place an the pain intae her side wis teerin the intimmers fae her. Tae her it lookit aifter aa like it wis only the fancy o a deein an desperate aul collich (woman) that hid believed a fairie tale an noo she wis in this place that she'd nae be leavin.

Leanin gey heavy ontae her staave Cathy wis on the point o lettin hersel faa tae the grun fin a glint ontae something cast by the settin sun teen her ee. Wi her hairt thumpin she hirpled across the peat bog, faain ivvery puckle steps but keepin her een ontae the fabled steen. Aifter a gey painful chauve, she at the hinner eyn, reached the steen an held ontae it like grim death in case it gid awa fae her. A fyle later ,aifter catchin her braith she could see the lochin wi its watter as black as jet streetchin awa intae forivver. The air here wis fresh an smelled sweet as the finest summer's day.

The 'Prechum Steen' itsel wis fite as the driven snaa

249

an aboot as heich as twa big men an as broad as an oak. It wis said that at the very tap a big lump o't wis missin shaped like a bite fae a giant. Cathy could see that wis true eneuch for a big lump wis oot o't. Cathy teen aff her aul cwite an takkin the siller coin intae her left haan, the haan nearest the hairt she leaned her back against the 'Prechum Steen' lookin forrit at the black watter and cannily waakit intae the lochan up tae her chest. The watter wis freezin caal an near sapped the very last bit o life fae her.

Afore she lost her mind wi the caal Cathy flung the coin as far as she could intae the deep watters o the lochin askin the gods o the place tae grant her but a fyowe mair days o life tae get the bairns settled. Slowly she backed oot o the watter athoot lookin eence ower her shooder for if she did then the gods wid grant nithin bar death. Still gyan backwyes Cathy eventually felt the 'Prechum Steen' at her back and thankit the gods for guidin her tae it. Lettin hersel slide doon the steen she cooried fae the bitter breeze that hid sprung up fae naewye. Raxxin for her cwite, Cathy wis shudderin as she haapit hersel fae the caal. She must've slept lang for fin she waakened the moon wis heich an she wis covered in frost. Somehow wi a gey fyaacht she managed tae get tae her feet an wi ivvery been in her body on fire she made her wye back tae the quarry wi the help o her stave.

Fin she got there by the scam o the moon she could see the bairns were awa. Wee Mary hid deen as she'd bid her dee. Fair caa'd deen an in fact thinkin lang for a suppie mait Cathy crawled intae the camp an wupped hersel intae a blanket thinkin o a fine lump o cheese an a corter o breid.

The next she kent the birdies were chirmin in the trees an somebody wis shoutin her name. A heed lookit in aifter she managed tae croak faar aboot she wis. It wis a loon fae the fairm an she heard him roarin for Mr Gow.

"O my God Cathy faar hiv ye been? We've been raikin the country far an near for ye the hale nicht. The bairns are safe up at the fairm but Mary is in a gey state aboot ye!"

He speired at some o the loons tae lift Cathy ontae the back o the cairt an in nae time she wis in the kitchen at the fairm wi fine saft blankets wuppit aboot her an the bairns aa tryin tae get intae her bosie at the same time. Ower the next fyowe days Cathy begun tae feel that the sareness in her side wis gettin less an that she could keep mait doon athoot bein seeck.

Cathy wis weel acquant wi Bill Gow for she'd hawked his aul mither an gey an affen tellt her fortune as weel as aa the quines that vrocht aboot the place. Mony's the time she'd sat in this very kitchen sellin odds an eyns oot o an aul leather case fin Bill Gow an his brither Gordon were rinnin aboot in short breeks an fyles a snotter tae their noses ana.

Little did she think back then the twa loons wid growe up tae be sic gran cheils. Yin a big fairmer an the ither a man o the cloth. Bill wis in an affa state aboot her an couldna

251

dee enough for her comfort ayee makin sure she wis warm eneuch an hid the fire bankit up o peats day an nicht. Mary wis sic a gweed worker aroon the kitchie that Bill's wife Bunty wintit her tae bide on so Cathy wis gi'en a wee cothoosie at the side o the glen athoot ony rent tae pey. It wis jist a wee aul bucht but it wis up tae the sun an fine an dry. It wis jist the very place for an aul Tinker collich tae see oot her days. Mary landit up mairryin een o the fairmer's loons an her grunny wis kinichtit that she lived lang eneuch tae see that.

The lump in Cathy's side nivver left her but there wis nae pain an she could ait like a horse.The gods hid granted her much mair than the fyowe days she'd askit for.

A post script for this story though is that mony a lang year later, a gey aul collich by noo an a granmither as weel, Cathy teen her last illness. She lay ontae a fine feather bed an fine she kent that she wis on her wye tae the 'Tap Camp'. She hidna dreamed o the Prechum Steen as a warnin. Na she nivver nott till-since the forenicht at the lochan sae lang syne the gods hidna jist grantit her life but also the ability tae see something o the future.

The gods lookit doon weel on her granbairns an gweed lang lives they'd hae. For Mary, hooivver there wis tae be a black cloud o some kind that she widna wun throwe so she'd need tae be owerseen. Cathy speired at Mary tae come tae her side an handed her a coin, the very yin that she'd thrown intae the lochan aa that years ago. The gods hid pitten it back intae her pooch fin she lay at the bottom o the 'Prechum Steen'. Waikly Cathy said "You tak this coin Mary ye'll ken the time tae spen it fin it comes"!

Mrs Wright & The Milific.

Mrs Wright wis on her wye tae the care hame at Strocherie. She wis a fyowe days aff o aichtytwa an here she wis in an ambulance heedin for a new adventure. She didna wint tae gyang intae a hame but it wis wi the insistence o her son and his wife that she agreed in the hinner eyn. She felt that wi a bittie o help she could've workit awa but her gweed dochter wis een o yon control freaks aat fowk spik aboot. She ruled her son wi a rod o iron an he wid've steed on yer tap lip if ye said onything like aat aboot her. As it wis, her loon wis only alloot tae visit her but eence the fortnicht an aat for jist haaf an oor. Aifter aat time wis by, the wee mobile phone thing he ayee cairriet wid start bleepin like a klaxon. Oh and he'd get fair vrocht up wi his een dancin in his heed like bools. E'd flee awa wi a quick peck at her chik and wi- "I'll see ye next time!" he'd be awa like the haimmers o hell.

That wis kyna the reason she'd agreed tae gyang tae the hame. At least in the hame he widnae be under ony obleegement tae gang an see his mither so he could spenn aa his time on his control freak o a wife. The ither reason she'd agreed wis that the cooncil nott her hoose because it hid three bedrooms. There wisna ony "pensioners hoosies" noo-a-days. Young single eens were gettin them aa so a hame it hid tae be. Ess growein aul cairryon wis a bit o a bugger.

Mrs Wright arrived at the hame and wis left sittin at reception file a lassie gid awa tae find the staff nursie. She'd a gweed look aroon her new abode. It wis a bonny clean place an tae the front o her she could see some lassies stannin ahin a widden coonter lookin at computer things and laachin an jokin wi eenanither.

'Ae me but tae be that age again.' thocht Mrs Wright.

"Mrs Wright?" She looked up and saa an affa bonny lassie lookin doon at her.

"Hi I'm staff nurse Thomson! I'll tak you up to your room."

The nursie teen her wee bag an wi the eese o her zimmer frame, Mrs Wright follaet the nurse tae her room. It wisna a big space ava but it hid a bed alang ae waa, a wee table an a chest o draaers an a wardrobe alang the ither. Ere wis a windae in the back waa that looked ower the roof o anither bit o the building. She wid even hae her ain lavvie throwe a doorie on the richt.

'A bonny wee room richt eneuch' thocht Mrs Wright.

The nursie teen oot her clyes fae her wee bag and hid aathing squarred awa in nae time.

"Would you like to come through to the common room for a cuppie o tea Mrs Wright?"

There wis a puckle ithers in the common room but maist o them were noddin in their seats. She got a cuppie o tay but didna like it ower muckle because it wis jist a tay bag squeezed instead o masked in a taypot the wey she did it at hame. But ach well she'd hae tae get eesed tae change. She wis richt fine trickit wi the funcy seat she'd gotten. It wis richt fine an saft wi big cushions an pressin a haanle garred it lean ye back or it wid caa ye forrit so that ye could staan up easier. Wi her getting the local cooncil tae pey maist o the bills she could nivver hae affoorded sic a seat.

A fyowe o the workers cam inaboot tae introduce themsels and she thocht that they aa appeared tae be affa fine fowk.

The mait wis gran, made in their ain kitchen so it wis aye fresh an pipin hett.. She teen macaroni and cheese for supper an it wis jist the wye she liked it wi a drappie o mustard in the cheese sauce. Alang w't she got hame made chips and by the taste o them they werena fried in yon horrible ile but in rale beef drippin. Oh michty, it wis affa fine.

That nicht at bedtime instead o her haein tae struggle wi the zimmer they jist hurled her throwe tae her room in the funcy seat. Somebody hid rigged up a wee t.v. for her so she sat a fylie and watched Eastenders. Een o the nursies cam in and showed her how tae gyang throwe the stations and she wis fair amazed at the amoont o stations ye could get. At hame her ain t.v. only hid only haen five stations but it wis rented and hid been pitten back. "Ae me sic adventures!"

The first nicht she didna sleep affa weel for thinkin and she supposed it wis wi it bein a different bed. In the hinner eyn she fell awa tae sleep but jist as she did she could've sworn she saa the shape o somebody sittin in the cheer. The neist mornin she wis teen throwe for her brakfast. She'd plum tomatoes, sausages and a poached egg on toast. Michty it wis jist gran.. She teen a wee bit o the scunners though fin she watched some o the ithers being fed and them spittin oot haaf chaad mait the wye they did. Aifter brakfast een o the carer quines cam tae tak the dishes awa and speired at her if she'd like tae gyang throwe tae the day room.

Whit a bonny view she got o the gairden fae the windae. The fine warm sun wis bleezin in the windae makkin her feel a bittie sleepy. She'd been noddin awa haaf atween sleep and awaak fin she'd the funny feelin that somebody wis staanin aside her.

Thinkin it wis een o the staff she looked up and saa the coorsest face she'd ivver seen. It wis an aul wifie and she wis girnin at her. Mrs Wright skirled oot o her and the evil face disappeared as the staff ran throwe tae see fit wis wrang. Mrs Wright apologised saying she'd only been dreamin but hid gotten a bit o a fleg. She nivver let on aboot fit she'd seen because they'd think she wis gyte in the heed.

Een o the lassies gave her a cuppie o tay and a biscuit and sat wi her a wee fylie newsin aboot onything 'n aathing..

She wis an affa fine lassie and she cam fae Macduff jist like Mrs Wright. It eynt up her kennin the lassie's faimily so they'd plenty tae news aboot.

Ower the next fyowe wiks Mrs Wright sattled in fine. She'd gotten tae ken a lot o the aul fowk an hid even been asked tae jine different wee groups. Aa the file though, jist ivvery noo an then she'd get a visit fae the malevolent spirit. It wid staan aside her hissin throwe its twisted mooth an ayee seemed tae be tryin tae say something. Mrs Wright couldna mak oot fit it wis sayin wi her bein a bittie deaf but she fairly heard the hissin. She wis terrifeet but nivver let on for she thocht she wis gyan mad or mebee a bittie dottled.

Ae aifterneen her and a puckle ither residents were being entertained by Marjory Nicholson fae the North East Scotland Library Service. She'd come oot ivvery noo an again tae hud a group on 'Memories'. She'd hae wee boxies wi stuff like needles fae aul gramophones, pirns o threed, cakes o soap, sweetie papers and mair besides.

Some o the fowk tellt wee stories aboot the stuff if they mined things and some rare newses they hid.. Ithers though were aat far awa wi the dementia they didna ken a 'bee fae a bull's fit'. Mrs Wright fair enjoyed getting tae spik aboot lang ago.

At een o the meetings Marjory said tae the group, "I've a surprise for ye the day!" and she teen oot a puckle photies. She lookit at Mrs Wright and said, "I'm affa sorry but ess

258

mith be nae interest tae you Mrs Wright. Ye see it's photies fae the Christmas pairties here ower the last fyowe years."

She lookit roon the group sayin that the ithers wid see themsels an their aul freens. So sayin she handit the photies roon and some o the fowk were gettin richt laachs at the memories. Mrs Wright teen a couple and hid a look at them- jist tae be sociable kine Ae photie hid been teen in the room faar they were sittin but aa the tables hid been butted thegither and a big tablecloot wi holly patterns wis spread oot. Michty but the plates o turkey and beef were weel laden wi aa the trimmins and a heest o trickit faces looked up at the camera. She got a richt begeck though fin she saa een o the faces. It wis the same phizog that hid been tirraneezin her ower the past fyowe months.

She sat lookin at the face. Though it wisna twisted the wye she ayewis saa it,there wisna ony shadda o a doot ava because the black fish een didna smile at aa. They were richt cruel an caal. Her mooth smiled for the camera but the smile nivver lichtit her een. Mrs Wright sat for ages while the laachter an gabbin gid oan roon aboot her. She wis terrifeet finivver she lookit at that malevolent phizog.

She saa anither thing that aboot garred her skirl.The verra seat she wis on wis the marra o the een in the photie. She speired at the woman next tae her faa the wifie in the photie wis?

The woman teen the photie an tellt her, "Oh that's

259

Miss Avant . She deet a fyowe wiks afore you cam here. Ae me naebody likit her.She ordered abody aboot like they waur servants!"

She fuspert tae Mrs Wright, "Ivvery day there wis a row wi her an she pickit on aabody- an God help ONYBODY that sat on her cheer. She'd roar at them in that funny hissing voice "That's my chair!! And mair than eence she wid lash oot wi her stick!!"

The woman shuddered.

"She wis evil that een!"

She gid the photie back tae Mrs Wright sayin, "I widna've sat on her cheer for aa the tay in China!"

Aikey Brae.

The market wis in full swing and boorachs o fowk were millin aboot lookin at aa the Chaip John stalls. The geets were rinnin aroon wild eed an fair kittelt up wi aa the sichts an sounds o this Aladdin's cave o furls an fancies. A big 'gallshicks' stallie hid set up sellin ivvery kine o sweeties ye could imagine- pu-candy, swiss tablet, bylins, pandrops and Aiberdeen rock tae name but a fyowe.

Mony a wee haan wid shoot oot an grab a sweetie as they ran past at a rate o knots. The lad that echt the staa wis gan gyte at them and wid lash oot at some o them wi a lang stick that wis nae doot made for the job. Nae only wis he bein deeved wi human wasps but there wis cloods o the rale thing seekin some o his stock as weel. A harassed mannie richt eneuch wi a stick in ae haan swipin at the bairns and a flee swat in tither for the wasps or sharp ersed hooers as he caad them.

Anent the sweetie staa there wis a lad that claimed tae be a doctor and he wis selling bottles o Doctor McPherson's Life Tonic at one shillin an saxpence a bottle. He'd plenty patter did this lad an tellt the githert crowd he'd gotten the secret recipe fae a monk in Tibet and the monk hid been 137 years aul at the time. The doctor fairly lookit a dapper wee mannie wi his top hat, a big tash an mutton chop sidewigs. Some fowk were pairtin wi hard earned siller as they stood open moothed takkin in aa the haivers. For one and sax they were gettin a bottlie o watter coloured wi turmeric and a taespeen o fusky for a bit o flavour.

Anither staa wis selling pocket watches wi chynes an trinkets. A lot o the fairmservant chiels were roon aboot this een because tae belang a pocket watch wis a bit o a status symbol. There wis twa kines o watches though: the dear yins that were gweed watches an wid gie a lifetimes service an the chaip eens that workit for 24 oors then aifter hins they were bang on time twice in ivvery 24 oors. Tae the young lads the chaip eens were jist the ticket because wi them ye got a siller chain an some wee trinkets tae gang w't. Mony a young loon left the staa wi his chest stuckin oot as he lookit doon at the watch an chyne noo hingin fae his weskit pooch.

Ae lad wis standing in a clearin throwin neeps in the air an splittin them wi his heed an as they cam doon wi a seeckenin 'thwak', the neep wid be split in twa. The deemies in the crowd skirled ilka time an turned awa intae their lad's shooder if they hid een. This suited the young loons fine an mony a comfortin cuddle the quines got fae their strong protective ploomen.

The neep splitter wis strippet tae the waist and o aa things he wore a North American Indian chief's heed dress made up o seagull fedders. Atween neeps he'd tell the huge crowd in a pure Aiberdeen accent that his great granda hid been Chief Sitting Bull the lad that hid slaachtered General

Custer and aa his men at the battle o the Little-Bighorn. Ivvery noo an then he'd stop an ging roon the crowd wi a widden bowl painted wi Indians an jook fedders stuck on't.

The coins were fair rattlin in especially fae the lads thats deemies teen a dwam at the sicht o a real North American Indian like this. He lookit the pairt though wi the seagull feddered heed dress an stripes o sitt on his face as warpaint. He even hid a tomahawk at his side wi gull fedders on it as weel but it wis actually his mither's aix for chappin sticks. The breeks he wore were buff coloured moleskins and could if yer imagination wis up tae it be rale buckskin. The ae thing that spiled the effect wis the tackety beets instead o moccasins.

The beer tent though wis deein a roaring trade wi it being sic a hett sunny day an hantles o fairm servants and fairmers were sookin back the waarm beer tae weet their wheeples. Some lads though werena in the wye o drinkin sae muckle and feenisht up ootside the tent bleezin drunk. The staff jist pickit them up fae in the tent an laid them tae ae side tae come tee. Sic a sotter! Ae lad, he got up fae the raa o drunks an stytert awa tae hae a look at some o the staallies. On the wye he near gey near cowpit a staa o dishes The wumman that belanged them shouted, "Awa ye go ye drunken gype! Leave ma dishes be!"

At this he stytert alang till anither staa that hid rubbits an wee widden hoosies for them. There were birdies in teeny wee wire cages an pyokes o seed for feedin them. In fack there wis aa kinds o beasties at this staa. The drunk lad though wisna muckle teen wi ony o that; he wis mair teen wi the tray o tortoises. Throwe a haze o drink he says tae the staa keeper, "Heymin! Gimma twa o them things!"

He bocht them an put een intae baith pooches o ees jaicket an stytert awa headin for ither stallies. The owner shook his heed. He'd seen plenty drunk fowk in his time but that lad wis as drunk he couldn've bitten his ain finger.

A fair file aifter he saa the drunk lad makkin his wye tae his staa again but this time the bleed wis fleein fae his mooth. Nae doot he must've turkit some bugger an got a chap on the lips. The drunk lad stytert up tae the staa an throwe his bleedy mooth said 'Heymin!' an pyntit tae the tray o tortoises, "Gimma anither twa o them pies but nae sic hard crusts this time!"

Bulletbroo.

It wis a grey dreich mornin fin the bairn wis born at Crichie. It hid been a fair chauve for the lassie, nearly thirty oors in labour and she wis foonert. The doctor and the mid-wife hid been glentin at eenanither wi panic in their een. In the hinnereyn though the olive ile hid deen the trick and the bairn cam intae the world. A skelp on the doup and it startit tae skirl oot o it so that bit wis aaricht. The lassie lay pechin wi the swyte fleein fae her. The doctor gave the wee laddie a quick gyan ower then turned awa fae the mither and fuspert tae the mid-wife "Big heed and imbecile-pit it in a pail!"

The mid-wife grabbit the bairn and said "Gweed saiks min ye canna dee that!" The doctor grumphed at her sayin, "It's better pittin it oot o its misery noo! Imagine gyan throwe life wi a broo like that lassie!"

Waikly the mither speired tae see her bairn and the mid-wife gave the bairn a wash an wupped it in a cosy shawl and handit him tae his mither. It wis love at first sight. She bosied him and fuspert "Douglas!" for that wis tae be his name, Douglas MacGregor aifter his faither.

The years passed and Douglas wint tae the skweel. A shy laddie wis he and ayee tried tae hide his big broo eether aneth a bonnet or by swypin his hair doon ower his broo. He wis really conscious aboot it and his fowks hid an affa job gettin him tae play wi ither bairns because they'd caa him names like "Big Heed, Neep, Brooie and sometimes "Look at the boy's broo!"

That usually garred Douglas pit his heed doon and charge. His first day at skweel wis nae different.At play-time the bairns githered roon aboot him powkin at his broo and makkin fun o him. Douglas hid jist hid eneuch and gid for the geets like a rhino and in nae time there wis nithing but bleed, snotters an eebroos aawye. His education lasted tae aboot the age o twal fin the skweel tellt his fowks they widna tak him ony langer and gave them a pass tae let him leave early.

Douglas wis fair kinichtit at this. Forbyes he wis seeck tae daith o bleachin fowk at the skweel for makkin fun o ees broo. He got a job fae his father in the ragstore he echt at Crichie so he vrocht awa getting bigger and stronger wi aa the wechts he'd tae lift ilka day. He ayee wore a big bunnet tae hide his broo so fair an by he got on weel as a rule. Ae day his father tellt him tae tak a cairt load o bales o rags tae the train at Mintlaw. The cairt wis weel loadit so Douglas teen it canny throwe Aul Deer. It wis the middle o summer so he strippet doon tae his sark and threw the bonnet on the seat aside him.

A puckle lads were makkin their wye hame fae Mintlaw. They'd been at the Market and hid a twa'r three drams and were in richt fine fettle. Fin they saw Douglas and the cairt comin alang the narra road they steed tae ae side tae let him pass an that's fin the trouble startit. Ae lad pointed at Douglas an shouted, "For the love o God wid ye look at the size o that napper!"

The rest o the lads startit roarin wi laachter at this an makkin rale naisty comments aboot Douglas. Canny like Douglas stoppit the horse an pulled on the brake. He lookit roon at the lads and this garred them laach aa the louder. Ae lad shouted, "Come on then Big Heed!" and made a show o shadda boxin.

They thocht they were safe in numbers but that wis a big mistak and some o them must've realised jist how big a mistak they'd made in the seconds afore Douglas's broo connected wi their mooths.

The years rolled on and by the age o twinty Douglas hid growed tae be weel ower sax fit wi a fine pair o shooders on him but of coorse his broo grew ana..

The Great War hid started aboot this time an Douglas like mony ither chiels answered the cry tae jine up. At the medical the doctor couldna believe the size o his broo an speired dizzens o questions aboot it. He even fessed ither doctors inaboot tae see it. This wis beginnin tae pish Douglas aff big style but he kept his wheesht. Onywye aifter aa the powkin an gyan, he wis passed as A1 and jined the ranks o the Gordon Highlanders. There wis that mony new recruits that a training camp hid been set up oot at the Black Dog firing range.

Kitted oot wi his uniform and big TOS bonnet (Tam o Shanter) he really lookit the pairt. At ower sax fit and braid at the shooders he lookit ivvery bit as a Scottish sodjer should. The Tam o Shanter on his heed and Douglas, bein a gweed lookin cheil if it wisna for the big broo, gid doon a treat amongst the weemin fowk at dances in Aiberdeen. Douglas teen tae this army cairry on like a jook tae water. Three gweed meals a day and the very best o rigg suited him doon tae the grun.

Aifter a fyowe fechts wi some o the ither recruits aboot his heed he wis pretty much left alane. Naebody wis sikkin tae eyn up in the sick bay nursin a burst mooth. That wis until Sergeant Redress came. He wis a complete shite-hoose o a man and gave them hell. He teen a richt dislike at Douglas and wid, at ivvery opportunity pick at him aboot his broo. It teen Douglas ivvery bit o self control nae tae stick the object o his jibes fair squarr in his big raik mooth for it wid mean sax months in the glaiss hoose if he mashed him.

Redress wis a bully o the worst kine but Douglas bein, quick o wit renamed him Sergeant Reederse because he wint aboot in a bad mood like a sharny bull wi a reed erse hole. In nae time that's fit aa the recruits caad the bully bastard.

It wis weel intae 1915 by the time Douglas and his mates arrived at the trenches and some sotter o gutters they

268

proved tae be. It wis a quate bit o the line though and apairt fae a fyowe shells lobbed ower fae the Germans ilka mornin it wisna ower dangerous. Ivvery nicht there'd be patrols sent oot tae spy oot the laan an mebbe tak back a prisoner or twa.

Ae nicht Douglas wis in een o the patrols fin they waakit intae a squad o Jerries at work sortin some trench works. The fechtin started but there wisna time nor room tae use their rifles so it wis haan tae haan, rifle butts or using entrenchin tools in a vicious bloody fecht. Douglas used his broo tae gweed effect and the Jerries didna staan a chance. Flares gid up fae the German lines followed by the rat tat tat o machine guns jist lettin rip at onything.

Sergeant Reederse gaed gyte and teen a dose o the screamin abbdabbs. Tae save him fae rinnin intae the enemy machine guns he'd tae be held doon and Douglas got the chunce tae land a weel overdue blatt tae his face tae quaiten him. Returning tae the British lines they handed ower the unconscious Sergeant Reederse tae the medics tellin them he must've teen shell-shock.

Things were gan nae ower bad for Douglas until the army startit tae phase in the soup plate steel helmet. Ye could only weer the TOS bunnet at the rear; in the trenches ye'd tae wear the soup plate. Douglas got the biggest yin that ye could get but wi his big broo he lookit like a bamstick w't cockit on tap o ees napper. His big broo wis tae the Jerries like claiggs tae horse shite and shooers o bullets came at him finivver he showed his heed abeen the parapet. It got that bad his comrades avoided him like the plague.

The German even named him 'Grossa Brow' and promised the man that got him an Iron Cross 1st class and a months leave in the flesh pots o Berlin. This drew officers and men fae aa pairts o the front tae try their luck. The fine quate bit o the line became like Aiberdeen's Union Street on a Saiturday nicht.

Douglas' comrades near gid tae mutiny so Douglas wis teen oot o the front line an wis given vrocht deein orra jobs like clearin latrines or takkin up rations tae the trenches. Slowly the quate bit o front returned tae normal.The Prussian officers packed up their pre-war hunting rifles and the ither troops gid back tae their ain sectors.

Douglas wis sortin throwe timmer sticks ae day fin he lookit up and saa a Jerry sodjer standin aboot twenty feet fae him. The Jerry wis a wee runt o a man but he managed tae shout oot "GROSSA BROW!" and fired his rifle. The bullet hut Douglas richt on the broo and he gid doon. The wee Jerrie ran up tae him and teen his pey-book as proof o daith and ran aboot shoutin, "Whoopee whoopee Berlin hooers for me!"

His name wis Vulltums Croint fae Hamburg and he'd been on his wye tae surrender tae the British because he wis seeck o war fin he'd spotted Douglas. Noo he Vulltums Croint wid be a hero wi an Iron Cross 1st class on his breest and the whores in the 'Vinkle Strassa' in Berlin wid be hingin aff him.

A file aifter Douglas waakened wi a splittin heedache in a casualty clearing station. The doctor says, "Yer waakened?" Douglas managed a painful nod.

"Yer a lucky man. If that bullet hidna been a spent round then it wid've been tatties ower the side for you!"

Douglas mined on the doctor back hame bein affa interested in his broo so he replied, "Aye doctor I'm lucky richt eneuch!"

He didna ken fit he'd say if he tellt him the bullet hid been fired feet awa. But on that he keepit his gob shut.

Meanwhile Vulltums Croint wis hooerin in Berlin, his shiny new Iron Cross 1st class on his breest. As for Douglas he wis kept at the casualty clearin station for a couple o weeks, nae because he needed it- he wis as fit as a flea. It wis because o the doctor. He'd teen an affa interest in Douglas' broo and invited ither doctors tae come and see it.

In the hinner eyn Douglas got seeck o the cairry on and returned tae duty. This startit aff a richt chyne o events. First Douglas wis spotted by a German officer and this led tae a signal tae Berlin sayin that 'Grossa Brow' was still alive. Next Vulltums Croint wis trailed awa fae his whores skirlin an yowlin. A week later at dawn Vulltums Croint wis sent tae his maker. His last word wis "FOOKERS!"

Aroon this time the German army started tae gie their troops the coal skuttle steel helmet and Douglas wis guardin a puckle prisoners fin he noticed een o the Jerries weerin een. An idea came tae him and aifter a fair bit o hagglin he managed tae get the helmet fae the Jerry for a packet o fags and a tin o bullybeef.

Oot o sicht o abody he tried it on back tae front. The lang scoop bit at the back covered his broo as bonny as ye like. He'd get back tae the front wi this!

A fyowe weeks later Douglas got separated fae his squad while on a nicht patrol. He'd nae a clue faar he wis and daylicht wis comin up by the time he reached fit he thocht wis his ain bit o the line. He stood up an startit tae rin towards his ain trenches wavin his airms aboot tae let them ken he wis British. An officer jist happened tae be lookin throwe a trench periscope viewer fin he saw fit lookit a German rinnin backwards towards the British lines an wavin his airms aboot so he ordered "Stand to!" and abody started shootin.

The Jerries meanwhile saa fae their perspective fit lookit like a German rinnin backwards towards the British lines wavin his airms in surrender so they startit shootin ana. Wi the amount o lead fleein at him it wis only a maitter o time afore he got hit and that's exactly fit happened. A bullet clipped the underside o the helmet and tracked roon the inside piercin baith his lugs and makin a track across his broo as it spun roon an roon afore the reed hett bullet stopped and drapped doon the back o his neck.

He wis brocht hame tae Crichie as an invalid because he couldna hear a thing for the ringin in his lugs. Aabody thocht he'd become dumpish because the only sounds he could mak wis "blaaaah or Ooooo!"

This laisted till 1927 until he got hut on the heed wi a tattie fin a fairm cheil threw it shoutin "Look at that lad's broo an twa half luggies!"

Fae that day on he wis as richt as rain and aifter blooterin the tattie thrower he gaed hame a happy man. Douglas wis kent for the rest o his days as 'Bullet Broo' but nae tae his face ye understaan!

GLOSSARY

A

aa- all
aabody- everybody
aal- old
aapron-apron
aathegither- altogether
aathing- everything
aawye- everywhere
abeen- above
ablow- below
abody- everybody
aboot- about
accoont- account
acht- eight
adee- going on, amiss
ae- one
aefaald- honest, sincere
afeard- afraid
afeart- afraid, scared
aff- off
affa- awful; very
affen- often
affoord- afford
afftimes- often; whiles
afore- before
aforehan- beforehand
afront- to the front, in front of
aften- often
agley- awry, wrong
aheed- ahead
ahin- behind
aicht- eight
aichteen- eighteen
aifter- after
aifterhins- afterwards

ain- own
aince- once
ains- owns; once
aipple- apple
airish- chilly
airm- arm
airt- direction; manner; skill
ait- eat
aitin- eating, eaten
aix- axe
alang- along
aleen- alone
aliss- cry of pain or surprise
allooed- allowed
almichty- all mighty
aloo- allow
ana- as well
an- an, and, then
ane- one
aneath- aneth beneath; under
anent- against
aneuch- enough
anither- another
anoo- now; soon
antrin- occasional
apairt- apart
appron- apron
aquant- knowledge of
a'ready- already
aricht- aright, okay
aroon- around
arras- arrows
askit- asked
at- that
atap- on top
athing- everything

athoot- without
atween- between
aul- old
aulest- oldest
aulfashioned- old
fashioned
ava- at all
avast- stop
awa- away
awauk- awake
aweel- so be it
aweers- nearly; on the
point off
awyte-- I'm sure; await
awytit- awaited
ay- yes
aye- ayee,ayewis- always,
still,yes
ayee- always

B
ba- ball
baa- ball
bachled- worn out
backeinde- autumn; last
backie- back garden
bade- lived
baffies- slippers
baird- beard
bairn- child
baith- both
bakkin- baking
baldy heedit- bald
balloch- narrow mountain
pass
bammy- crazy, stupid
banes- bones
bannock- pancake

bap- bread roll
bare- barren; cold;
barkit- dirty
barra- barrow
bather- bother
batter- thrashing
bawbee- low
denomination coin
be- by
bealin- boil
been- bone
beerial- burial
beeriet- buried
beesom- a broom; nasty
woman
beet- boot
beettlin- thrashing;
beating
begaik- shock; taken
aback; disappointment
beginnin- beginning
ben- through the house;
best room
beuk- book
biddin- invitation; do
what you are told
bide- stay, live; wait
bigg- built
biggin- building
bigsie- proud; conceited;
likely to brag
bikkie- bitch
bile- boil
bilin- boiling
bink- fireplace shelf or
bin
birk- birch
birkie- young woman
birl- whirl, spin round

birse- bristle; get angry
birslin- completely dry
bit- but
bittie- small piece
blaa- boast; meal
blabbin- talking
nonsense, prattle
blaiberries- blueberries
blate- bashful, timid,
modest
blaud, blaad- spoil
blaw- blow
blawin- blowing
bleatchin- thrashing
bleed- blood
bleedin- bleeding
bleerie watery as in eyes
bleeter- talk nonsense,
prattle; clumsy person
bleezin- in flames; very
drunk
blether- chatter; have a
talk
blibberin- slobbering
blin- blind
blindrift- driving snow
blink- short spell;
moment
blooterin- dose of the
runs; beating
bluebore- blue patch in
clouds
boak- vomit
boddom- bottom
body- budy- person
bogie roll- black twist
tobacco
boggie- trailer, cart
bondie- bonfire

bonnet- flat cap,
bonnie, bonny- beautiful
bools- marbles
boorach- crowd, group
bosie cuddle; bosom;
embrace
bothy- farm servant's
quarters
bourtree, boontree- elder
tree
bowff- hit, blow,bark
bowfin- barking
bowie- barrel
bowlie- bowl
bowelfae- bowlful
brae- steep road, side of
small hill
braid- broad
braith – breath
brak- break
brakfast- breakfast
brakkin- breaking
brammles, brummel-
brambles
brander, branner- grill;
gridiron
bree- liquid; drain
potatoes
breed- bread
breeder- brother
breeks- trousers
breem- broom
breenge- dive at, rush
forward
breest- breast
breet- brute
breether- brother
breid- oatcakes
breidpyoke- bread bag

bricht- bright
bridder- brother
brig- bridge
brikks- trousers
brocht- brought
broo- brow
broon- brown
brose- oats made with
boiling water and salt
brunt- burned
bucht- house in disrepair;
place to shelter sheep
bumbee- bumblebee
bun-in-bed- enclosed;
built in bed
bung- throw
burn- stream
busk- get dressed
buss- bush
bygyaan- passing
byke- bees or wasp's nests
byre- cow shed

C

ca- call; drive;push
caa awa- carry on; get
going
caad- called; driven
caain- shoving, moving
caa tee- shut; give a hand
caa throwe- pass; energy;
drive through
caff- chaff
cairried- carried
cairriet- carried
cairry- carry
cairry on- behaviour

cairt- cart
cairt shed- oped shed for
carts
calfie- young calf
canna- cannot
cannle- candle
canny- careful
canterin- spell
cap, caup- wooden bowl
cassie- cobblestones
cattie- cat; catapult
caul, caal- cold
caup- wooden bowl for
brose
chaa- chew
chaamer, chaumer-
where farm servants slept
chap- knock, mash;
fellow
chappit- mashed; struck;
knocked
chatterin- chattering
chauve- chaave- struggle
chave- struggle, young
person
chawed- chewed
cheer- chair
cheuch- tough as in
eating
cheyn, chine, chyne-
chain
chik- cheek
chiel- man, fellow, chap
chirmin- a bird's call;
chirping
chitter- tremble, shiver
chokit- choked
chowks – chowps- cheeks;
jaws

chuckies- small stones
chuckin- chicken
claa- claw
clachan- hamlet
claes- clothes
claiggs- horseflies
claik- news, gossip
clart- mess
claymore- broadsword
cleek- hook
cleg- horse fly
cleise- clothes
clew- ball of yarn
climm- climb
clockin hen- broody hen
cloggies- small logs for fire
cloods- clouds
clookit- scratched by cat
clooks- claws
cloor- a blow
cloot- cloth; clothes
clorted- a mess; spread messily
clype- tell tales; gossip
clyse- clothes
clyter- mess; work messily
cog- wooden bucket
collich- woman
collop- a round of ground beef fried
connach- spoil
conter- against; contradict
conteract- counteract
coo- cow
cooncil- council
coont- count

coontless- countless
coordly- cowardly
coorie- crouch
coorse- bad, wicked; coarse
coorse- foul; stormy
coo's goosie- cow's arsehole
connectit- connected
corn kist- storage trunk for oats
corn yard- stack yard
corp- corpse
corter- quarter, as in oatcake
cosie- comfortable, warm
couldna- could not
coulter- iron cutter at front of plough
coup/cowp- overturn
coup the puddins- vomit
couples- rafters
couthie- agreeable; friendly
cowk- vomit; retch
cows- surpasses
crabbit- bad tempered
crack- chat; strike; snap
crackit- struck, cracked
craft- croft
craftie- croft
craiter, craitur- creature
crannie- little finger
crap- crop
craw- crow
creel- basket borne on the back
creeps- goose pimples
crood- crowd

278

crook- hook; pot hook above open fire
croon- crown
crummle, crumshikie- small pieces
crummoch- stout walking stick
cuddy- donkey; ass
cuppie- cup of tea
curn- a few, a group
cuttit- abrupt; cut
cutty- clay tobacco pipe
cweeled- cooled
cwite- coat

D

daad- large piece
Daavid- David
dachlin daachlin, dauchle- hanging round, hesitate
daft- foolish
dail- dig over
daith- death
dall- doll
dander- wander, walk slowly; temper
danders- cinders
danner- wander, slow walk, stroll
darg- work; toil
darn- (dry) constipation, (soft) diarrhoea
daylicht- daylight
deasil, desule- sun wise
deave- pester, annoy; bore
dee- do; die

deece, deese- turf or wooden settee
deed- dead
deef- deaf
deein- the act of dying, cdoing
deem- girl; servant girl
deen- done
deemie, deemy- young girl
dee't- do it, died
deet- died
deid- dead
deil- devil
dellt- dug
denner- dinner, lunch
deuk- duck
dicht- wipe; winnow
dichtid, dichtit- wiped
dichtin- thrashing; wiping
didna- did not
dike, dyke- wall of stones or turf
din- noise; dark complexion
dinna- do not
dird- lump; bump
dirl- jar; pain; ring
disna- does not
div- do
divot- large slice; sod, turf
diz- does
dizzen- dozen
dochter- daughter
dock- backside, bum
dollop- lump
doo- dove

doocot- dovecot
doo's clockin- family of two, one of each
dook- swim; wooden wedge
doon- down
door tee- close door
doot- doubt
dose- large number
dother- daughter
dottle- become stupid and fretful
dottled- in dotage
doup- backside
draitin- the act of defecation
drap- drop
drapped- dropped
drappy- small quantity
draucht, draacht- draught
dreel- drill; amount
dreep- drip, drop
dreich- dreary
dret, drait- defecate
droochit- drank
drookit- soaked
droon- drown
drooth- thirst; drought
dross, drush- mushy pieces of peat or coal
drouth- thirst; drink; a drunk
drucht- draught; drought
drysteen- stone wall with no mortar
dubs- mud
dumfoonert- at a loss for words; bewildered

dumpish- foolish, forgetful
dunt- thud; blow; bump
dyke- stone or turf wall

E

ee- eye, you
eebroos- eyebrows
eelashes- eyelashes
een- one
eenanither- one another
eence- once
eenoo- just now
eeran- errand
eerans, eerands- shopping, purchases
ee're- you are
eese- use
eesless- useless
eether- either, neither
efter- after
efterhin- afterwards
efterneen- afternoon
eggies- eggs
eins- ends
eneuch- enough
erse- arse
ershole tae brakfast time- from arse to guts
etten- eaten
eyne, eyn, eyns, eynt- end, ends, ended
eynoo- just now; soon
eynerigg- end rig
eyvenoo- just now

280

F

fa- who?
fa- fall
faa- who?; fall
faan- fallen
faar- where?
faa's- whose?
fadder- father
fae- from
fae't- from it
faimily- family
faimilies- families
fair- quite; easily
fair- good weather
fairlies- wonders,
ongoings
fairm- farm
fairmer- farmer
faither- father
fa'iver, fa'ivver- whoever
fairyween- whirlwind
fammil, fammel- fingers
or hand
fan- when
fang, fyang- thick slice,
lump
far faar- distant, where
far aff- far off
farawa- far away
fash- worry, fuss
fauldin faaldin- folding
feart- afraid; scared
feary- scary
fecht- fight
fechtin- fighting
fee'd- engaged to work in
farm etc
feel- fool

feenish- finish
feenished- finished
feerin- first furrow cut
Feersday- Thursday
feeties- feet
fegs, feggs- expressing
surprise
fella- fellow
ferlies- wonders, marvels;
watching ongoings
fermers- farmers
fermin- farming
fessed- fetched; brought
fettle- hale & hearty
fewe, fyowe- few
ficherin- fiddling about
fie fie- so so
file- dirty
files, fyles- sometimes
fin- when
fin- find; feel as in touch
finivver- whenever
firewid- firewood
fit- what; foot; fit
fite- white
fitfaa- footfall
fitiver, fitivver- whatever
fitna- which
fittid- footed; fitted
fit wye- what way, how,
why
flech- flea
fleein- flying
fleer- floor
fleerish- steel for flint;
flash
flees- flies, fleas
flegg, fleg- frighten

fleggit- frightened, got a scare

flit- move to other location

float- flat cart

flooer- flower

fly- cunning

focht- fought

fochendeen- exhausted

foggie bummer- wild bee

foo- how?

fool- dirty, foul

foon- base

foonert- exhausted

fooshty, foosty- mouldy

follaet- followed

follyin- following

forbyes- besides; in addition

fore- to the front

foreairm- forearm

forehan, forehaan- advance; first; foremost

forneen- forenoon

forenicht- evening

forfochen- exhausted

forivver- forever

forky tail- earwig

forrit-forritt- forward

fower- four

fowk- folk; people

freen- friend, relation

freenly- friendly

freest- frost

fricht- fright

fu- full

fullt- filled

fullin- filling

fummilt- fumbled

fun- found

fun- whin

fung- let fly

furr- furrow

fuskers- whiskers

fuskie- whisky

fuspered- whispered

fussle- whistle

futrats- futtretts- weasels, stoats

fyach- impatience

fyacht- fight

fyang- piece of something

fyew- fyowe- few

fyle- while

fyle- made a mess, shat yourself

fylie- short while

fylies- now and then

fyowe, fyow- few

G

gaan, gan- going

gaed- went

gadgie- fellow

gairishin- cold draughty house

gait- way

gaither, gither- gather

gaivle- gable

gale- gable

galluses- braces

galoot- stupid person

gang- go

gansey- jersey

gar, garr- made to do something; force

gealt- frozen

gean- wild cherry
gear- goods, possessions
geen- gone; given
gees't- give me it
geet- child
gey, gye- very; rather;
geypid, geypit- stupid
gie, gee- give
giein, geein- giving, given
gid- went
gig- two wheeled carriage
gin- if
ging, gyang- go
girdle- baking plate
girn- complain
girnal- chest for meal
girnin- complaining
girse, girss- grass
githered- gathered
glaid- glad
glaikit- stupid
glaiss- glass
gled- glad
glebe- minister's field
Glens o Syne- place where
yesterday and tomorrow
meet
glimmerin- a distant
light; half closed
glintin- shining
gloamin- early evening
glower- scowl
glowerin- scowling
golach, gollach- beetle
goon- gown; dress
goor- mud, slush
goud- gold
gowan- daisy
gowk- fool; cuckoo

gowkit- retched
graan- very good
grabbit- grabbed
graip- four pronged fork
grannie- grandmother
grate- cooking range
gravat- neck scarf
greep- gutter in a byre
greet- cry, weep
greetin- the act of crying
grin- grind
grippy- greedy,
avaricious
growe, growed- grow,
grown
grummle- grumble; ill at
ease
grumphie- bad mood
grun- ground
grunny- grandmother
guddle- catch fish by
hand at side of a stream.
guff- stench
gully- large knife
gushet- small triangle of
land; gusset
gutters- muddy mess,
mud
gutterin- muddling
g'waa- go away
gweed- good
gyaad- expressing
disgust
gyaan, gyan- going
gype- fool
gypit- stupid
gyte- to lose the temper,
go mad

H

haaf- half
haan- hand
haanfae- handful
haar- cold mist or fog
haathorn- hawthorn
haaver- half
habber- stutter
hae- have
haein- having, had
haft haaft- handle, shaft
hagger- badly cut as in cloth; jagged cut
haik- walk; on the scrounge
hail- whole, hail
hailsteens- hailstones
hamespun- rough coarse cloth
haimmer- hammer
hairm- harm
hairst- harvest
hairt- heart
hairtbrakkin- heart breaking
hairymouldit- mouldy
haived- heaved, thrown
haivers- lies
hale- whole
hallirackit- without care; wild
hame- home
han, haan- hand
handit- handed
hanfae, haanfae- handful
hanhud, haanhud- hand hold
hank- lump; control

hanless, haanless- clumsy; awkward
hannilt- handled
hantle- crowd; large quantity
hap, haap- cover
happit, haapit- covered
haud- hold
haugh- ground by a river
haverin- tell lies; speaking nonsense
heapit- piled up
heed, heid- head
heedache- headache
heich- high; loudly
heilands- highlands
hert- heart; mind; stomach
heuk- hook
hey- hay
hicht- height
hid- had
hidin- thrashing, beating; hiding
hidna- had not
himsel- himself
hin- had
hingin luggit- dejected
hinmaist- last
hinna- have not
hinner- hinder; hindmost
hinnereyn- end; last
hinnerin- hindering, holding back
hippen- baby's nappy
hippit- stiff about the hips
hirplin- limping
hirpled- limped

284

hisna- has not
hittin- hitting
hiv- have
hiz- us, his
hoast- cough
hoch- thigh
hodden grey- coarse
homespun cloth
hogg- young sheep
hoodie craw- hooded crow
hoolet- owl
hoor, hooer- whore
hoose- house
hoosie- small house
hornie gollach- earwig
hotterin- simmering
hough- thigh; leg
howe- hollow
howk- dig
hud- hold
huddin- holding
hummel doddies- gloves
without fingers
humpy backit- hunch
back
hun- hound
hunker- squat
hunner, hunder- hundred
hunnerwecht-
hundredweight
hurl- ride in a cart etc
hurlie- child's home
made cart
hut- hit
hyeuk- reaping hook
hyne- far
hyow- hoe

I

ile- oil
ilka- every; each
ill aff- poor; badly off
ill fashioned- inquisitive
ill likit- unpopular
ill mainnert- ill
mannered
ill naitert- bad humoured
ill trickit- mischievous
ill yokit- badly matched
impident- impudent
imsel- himself
inaboot- in about
ingaan' ingyan- in going
intae- into
intil- intill- into
intimmers- insides
ireneerie- rusty water,
iron taste
isna- is not
ither- other
itherwyse- otherwise
iver, ivver- ever
ivery ivvery- every
ivverything- everything

J

jaicket- jacket
jalouse- suspect, figure
out
jandies- jaundice
jeel- frozen, cold
jeelie- jelly
jeelt- numb with the cold
jeests- joists
jeukin- dodging
jile- jail

jine- join
jined- joined
jiner- joiner
jing-bang- whole lot
jink- dodge
jinkit- evaded
jist- just
jobbies- prickly
joog- jug
jook- duck; dodge
jumpit- jumped
jynin- joining; joined

K

kail brose- oat meal with
water kail boiled in
kaim- comb
kebbuck, kyboch- whole
round of cheese
keek- sly look
keepin- keeping
keepit- kept
ken- know
kent- knew; known
kine- sort of; kind
kinkhoast- whooping
cough
kinichted, kinichtit-
delighted
kinna- kind of
kinnlin- kindling
kirkyard- churchyard
kirn- mess
kirnin- making a mess
kist- chest
kitchie- kitchen, kitchen
maid
kittle- tickle

kittlie- ticklish
knichtit, knichted-
delighted
knotty tams- lumpy brose
knowe- knoll
knypin, knipin- moving
fast; keeping going
kyaak- oatcake
kye- cows

L

laach- laugh
laached- laughed
laachter- laughter
laddie- boy, young man
laft- loft
laich- low
laid- flattened; load
laidder- ladder
lair- sink as in muddy
ground
laird- lord
laldie, lalldie-
punishment, telling off
lammies- lambs
lang- long
langer- longer
langest- longest
lang lip- sulky expression
langsyne- long ago, long
since
larik- larch
larry- lorry
lass, lassie- girl, young
girl
latchy- nearly late
lat fung- let fly
lavvie- lavatory, w.c.

286

lay tee- get stuck in as in food or work
leatherin- thrashing; hurrying
leave aleen- let alone
lee- lie
lee- sheltered side
leears- liars
leefaleen- alone, on ones own
leein- lying
leen- self
leerup- cuff on the ear etc
lees- lies
leesome leen- entirely alone
lem- earthenware
len- loan
ley- pasture
licht- light
lichted- lighted; landed
lichtnin- lightning
lick- blow; fast
lickin- thrashing
licks- beats, better than
likit- liked
lintie- linnet
lip- cheek; to be impudent
livellt- levelled
liverik- skylark
livin- living
loaf- bread
lochan- lochin- small lake
loll- lazy person
lookit- looked
loon- boy, chap
loonie- young boy
loorach- trollop

loup- jump, leap
loupin- jumping
louped- jumped
loups- jumps
lowe- blaze
lowse- loose, untie
lowsin time- time to stop work
lug- ear
luggies- ears
lum- chimney
lum hat- top hat

M

ma – mother, my
maet – food maik- copper coin
mair- more
mairriet- married
maist- most
maister- master
mait- food
maitter- matter
mak, maak- make
makkin- making
makkin on- pretending, kidding
makkin tracks- setting out
maleen- alone
manna- must not
mannie- man
mappie- rabbit
marled- mottled
marra- match, marrow
marraless- not matching as in socks

287

masel- myself
mask- tea to infuse
maun- must
meal- oatmeal
mealie dumplin- meal pudding
meal mull- meal mill
meallie jeemy- meal sausage
mear- mare
meen- moon
meenister- minister
meenit- minute
meenlicht- moonlight
mell haimmer- heavy hammer for posts
messages- shopping
Mey- May month of
michna- might not
micht- might
michty- mighty
midden- dunghill
midder- mother
middlin- fair
midgie- midge
midnicht- midnight
milk bowie- milk pail
min- man
mine- mind as in remember
minty- minute
miscaa- speak ill of
mish mash- jumble, mess
mistakken- mistaken
mither- mother
mixter maxter- jumble, everything mixed
moch- moth
moch ettin- moth eaten

mochin aboot- going about aimlessly
mochy- mouldy
mollachs- loiters
mony- many
moofaes- mouthfuls
mools- earth
moose- mouse
mooth- mouth
moothfae- mouthful
morn- tomorrow
mornin- morning
muchty- mouldy smell; muggy
muck- manure
muckle- much, large
muck midden- dunghill
muir- moor
mull- mill
mullart- miller
mull lead- mill race
mull vricht- mill wright
murl- small piece
murlietuck oatcake broken into milk
myout- sound, murmur

N

na- no, not
nae- no; none; not any
naebody- nobody
naewye- nowhere, no way
napper- head
narra- narrow
neebours- neighbours
needna- need not
neen- none
neep- turnip

neepheed- stupid person
neether- neither
negleckit- neglected
neist- next
neuk- corner
newfanglet- new
fashioned
nicht- night
nickie tams- straps below
knees to stop dust
nickum- little scamp
nigh- near
nippit- nipped
nithin, nithing- nothing
nivver- never
nocht- nothing
noo- now
nooadays- nowadays
noo an en- now and then
norr- than
nott- needed
nowt- cattle
nyaff- stupid
nyakit, nyaakit- naked
nyatter- ill tempered
person
nyatterin- chattering;
nagging

O

o- of
ocht- aught
onfaa- heavy fall rain or
snow etc
ongaans, ongans, ongyans-
goings on
ontae- onto
ontill- onto

ony- any
onybody- anybody
onyhoo- anyway
onything- anything
onywye- anyhow, anyway
oo- wool
oor- our
oor- hour
oorsels- ourselves
oot- out
ootbrak ootbrakk-
outbreak
ootdee- out do
ootpoor- downpour
oot wi- outside, beyond
orra- rough, messy
orra beast- horse for
general work
orraman- odd job man on
farm
o't- of it
ower- too, over
owercast- overcast
owergyaan- going over
owerseen- overseen,
cursed
owerseein- overseeing
ower't- over it
owsen, ousin, ousen-
oxen
oxter- the crook of the
arm, armpit
oxterfae- armful

P

pairish- parish
pairt- part
pairted- parted

palin- fence
pan loaf- refined speech;
putting it on
pare- peel
pech- pant
pechin- panting
peelie wallie- sickly
peer- poor
peesieweep- lapwing
peetered- ran out, slowly
runs out
peety- pity
peewit- lapwing
pey- pay
peyed- paid
peysers- pease meal
brose
pheesic- medicine
picherin- muddling
pick-mirk- pitch dark
picter- picture
piece- bread with jam or
fancy biscuit
pikit weer, pykitweir-
barbed wire
pint- point
pints- boot laces
pirn- reel of thread
pit- put
pitten- put
pittin aff- delaying
plank- hide
planked- hidden

plashy- showery
ploo- plough
plooed- ploughed
plooin- ploughing
plook- pimple

ploomin- ploughman
plottin- very hot and
sweating
plowt- splash
plunky- sweets
plydie- plaid
pooch- pocket
pooder- powder
poors- pours
pottit heed- jellied meat
poun- pound
pow- head
powk- poke
powkin- poking
powkit- poked
pown- pound
preen- pin
press- cupboard
prigged- begged;; pleaded
prood- proud
pu- pull
puckle- a few; some;
number; quantity
puckles- on occasions,
occasionally
pucklie- some; small
quantity
pu'd- pulled
puddens- guts
puddock- frog, toad
pu'in- pulling
pun- pound weight
pykit weir- barbed wire
pyntit- pointed
pyock, pyoke- bag
pyot- magpie; tell tale
pyugg- seagull, herring
gull

290

Q

quate- quiet
quatin- quieting
queets- ankles
quine- girl
quinie- young girl

R

raans- fish roes
raas- rows
raggit- ragged
rag nail- torn skin on side of nail
raik, rake- search for something
raip- rope
raivel- muddle; tangled
raivellt- confused in mind; muddled; dishevelled
rakins- the last of
rampan- wild
ran dan- spree as in drinking
rantin- angry
ranntle-tree- beam across the chimney from which pot hangs
rarin- roaring
rax- stretch; reach
raxed- strained
raxin- stretching
ream- cream
reapin- reaping
redd- clear, rid; tidy; sort out
reed- red

reed het- red hot
reef- roof
reek- smoke
reekie- smoky; smoke filled room
reekie peter- oil lamp for bikes
reeshlin- rustling as in rustling dry corn
reestin- roosting
reets- roots
reyns- reins
richt- right
rick- smoke
rickit- smoked
rift- belch
riggin- top ridge of roof
riggit- dressed; ready
riggs- land
rigoot- outfit
rin- run
ringle eed- cast or circle in the eye
rinnin- running
rive- split; pull harshly
rivven- torn; burst
road- way
roadit- started out; ready
roch- rough
rodden- rowan berry
roon- round
rooser- watering can
roost- rust
roosty- rusty
roset- rosin
rosety eyns- shoemaker's thread
rosety reets- fir roots used to light fires

rottans- rats
roup- sale of farm etc
rowan- mountain ash
rowe- roll
rowies- bread roll
rubbit- rubbed
ruck- hay or corn stack
rue- regret
rugg- pull; drag
ruggin- pulling; dragging
rummle- rumble
rummled- rumbled, tore
at
rummlin- rumbling

S

saa- saw
saa- wood saw; sow
saach- willow
saachan buss- willow
bush
saain- sowing
saat- salt
saaty- salty
saan- sand
sabbed- sobbed
sabbin- sobbing
sabbit- sobbed
sae- so
saft- soft; soft in the head
sair- sore; difficult
sair fecht- struggle
sair hert- grief
sair made- great
difficulties
sair nott- sorely needed
sang- song

saps- bread soaked in
milk
sark- shirt
sarkin- roof boards for
slates
sattled- settled
sauch- willow
sawin- sowing
sax- six
sax month- six months,
term of engagement
saxpence- sixpence
saxteen- sixteen
scallie- slate pencil to
write on slate
scaddit- fired skin
scauld- scald
scaup- useless barren
ground
sclate- slate
sclype- lazy, worthless
person; thud
scomfish- sicken with
smell; suffocate
scoosh- squirt
scoor- a smack; scrub
scoors- diarrhoea
scraiched- screamed
scran- scrounge
scrat- scratch
scrattin- scratching
scud- a good smack
scuff- brush; near miss
scunner- disgust
scunnersome- disgusting
scutter- potter about;
work aimlessly
seck- sack
seek- look for; sick

seekin- looking
seen- soon; seen, saw
seener- sooner
seenest- soonest
seepin- soaked, seeping
seerup- syrup
seivinth- seventh
sell- ones self
sells- selves
sellt- sold
seemit- vest
sen- send
shaak, shak- shake
shackle been- wrist bone
shaddas- shadows
shaef- sheaf
shaefs- sheaves
shancouls- ghosts; bad people
shanks- legs
sharger- stunted person or animal
sharn- excrement
sharny- smeared with excrement; dung
shauchelt, shaachelt- shambling
shave- shaave- slice of bread
shee- shoe
sheel- shovel
sheelachs- small grains
sheelicks- small grains
sheen- shoes
shew- sew
shewin- sewing
shidna- should not
shiftit- change position
shoochled- shuffled

shooders- shoulders
shooers- showers
shoogle- shaky; move lazily
shortsome- enjoyable
shottie- turn
showd- swaying,rocking
sic- such
sic like- such like
sicht- sight
sidewyse- sideways
sikkin- seeking, wanting
siller- money
skail- spill
skelpit- smacked
skipperin- sleeping rough
skirl- scream
skirlie- fried oatmeal and onions
skirlin- screaming
skitie- small amount; slippery
skitters- diarrhoea
sklate- slate
sklyter- slide about in mud
skraich- screech, scream
skweel- school
skyow- squint
slaachet- slaughter
slaachter- slaughter

slaivers- saliva
sleekit- cunning
sloorach- a mess; stew with a lot of ingredients
smuchterin- smouldering
snaw- snow
snootit- peaked as in cap

snorl- tangle; stuck
snotters- snot
snyaavin- snowing
somewye- somehow;
somewhere; someplace
soo- sow (female pig)
soochin- sighing
sook- suck
soor- sour
soorick- sorrel
soors- in sour mood;
becomes sour
sooth- south
sortit- sorted
sotter- mess
sowels- souls
sowens- dish like gruel
sowpin- soaking
spaad- spade
spail- splinter, wood
shavings
spak, spakk- spoke
spang- long step
sparras- sparrows
spaver- trouser fly
spawl- tear a lump out of;
tear apart
speelin- climbing
speen- spoon
speer, speir- ask
spick, spikkin- speak,
speaking
spile- spoil
spleet new- brand new
spleiter- blustery shower;
to make a dive at
spik- speak
spikkin- speaking
sprots- rushes

spunks- matches
spurdie- sparrow
spurtle- wooden stirrer
squarr- square
squarrin- squared
staa- stall
staave- staff
stackit- stacked, piled
stairved- starved
stane- stone
stang- to sting
stan, staan – stand
stannin, staanin-
standing
stap- stuff
stappit foo- stuffed full
steed- stood
steekit- closed
steel- stool
steen- stone
steep- soak
steer- stir
stervin- very cold;
hungry
stirkie- young bullock
stoot- stout
stot- bullock; swing;
saunter
straa- straw
straacht- straight
straa raips- straw ropes
for ricks
strae- straw
streetch- stretch
strinth- strength
strushel- untidy, slovenly
suttin- sat down, having
sat, sitting
swack, swaak- supple

294

swads- swedes
swall- swell
swalliet- swallowed
swallt- swollen
sweel- wash
sweem- swim
sweer- swear
swite, swyte- sweat
swye- bar over fire
swype- sweep
swyte- sweat
sye- sieve
syne- since; then

T

tabacca- tobacco
tae- to
taes- toes
tackets- hobnails
tag- belt for punishment at school
taickle- tackle
tak, taak- take
takkin- taking
tangles- sea weed
tap- top
tarry fingert- thief
tatties- potatoes
tay, tae- tea
tayspeen- teaspoon
tchyave- struggle
tee- to
tee- shut
tee- also, as well
teem- empty
teemed- emptied
teerin- tearing

tee tillt- to get on with it; against
teen- taken
teetin- peeping
tellt- told
tendit- tended
terrifeet- terrified
teuch- tough
teuchat- lapwing
teyler, tyler- tailor
thack- thatch
thankit- thanked
thawless- weakly
thegither- together
theirsels- themselves
the morn- tomorrow
thocht- thought
thochtie- a little; a bit more
thole- endure,
thon- yon; that, those
thooms- thumbs
thraan, thrawn- obstinate
thrang- crowd
thrapple- throat
threed- thread
threedbare- well worn
thristles- thistles
throwe- through
throwe caa- drive; pass through
thunner- thunder
tichin- tighten
ticht- tight
tichter- tighter
till't- to it
timmer- timber
timmer doon- calm down
tine- lose

295

tint- lost
tirraneezin- torment
tither- other
tocher- marrage dowry;
muddy place
tod- fox
toon- town
topper- excellent
tossle- tassel
tousle- dishevelled
tow, towe- rope, string;
hemp fibre
traichle, trauchle-
struggle; harassed state
traik- roam; gad about
traipse- wander idly
traivel- travel
trickit- delighted
trippit- tripped
troch- trough
troot- trout
trystin- entice; meeting
with
tummelt- fell; tumbled
tup- ram
twa- two
twal- twelve
tyaavin- struggling
tyangs- tongs
tye- yes; certainly
tyeuch- tough
tyne –lose

U

umman- woman
unbiden- uninvited
unce- ounce

unsocht- unsought
uptak, uptakk-
understand

V

veesit- visit
vennel- alley; cold
dwelling in state of
disrepair
vex- distressed
vratch- wretch
vricht- joiner
vrocht- worked
vrochtin- working
vice- voice

W

wa- way, away
waa- wall
waaheed- wall head
waaken- awoke
waakit- walked
waal- well
waan- willow, sallow
waar- worse
waas- walls
waashed- washed
waasteens- ruins
wabbit- exhausted
wabbs- webs
waddin- wedding
waiker- weaker
wakit, waakit- walked
wanner- wander
wark- work
wast- west
wastcoat - waistcoat
watch- take care

watter- water
weariet- dispirited
wearin awa- leaving;
dying
wearin on- getting old
weary for- longing for
weasel- sly person
wecht- weight
wechty- heavy
wee- small
weel- well
weemin- women
ween- wind
weer- wear
weer- wire
weer awa- die
weerin- wearing
weerin on- getting late;
getting older
weesht- be quiet
weet- wet
weety- very wet
werena- were not
wersh- dry in the mouth
weskit- waistcoat
wey- weigh
wha- who
whaar- where
wha- where
whaup- curlew
wheeple- whistle; throat
wheesht- be quiet
whilie- while, whiles
whit- what
wi- with,
wid- would; wood
wids- woods
widdershins- against the
sun

widdie- small wood
widdies- woods
widdin- wooden
widna- would not
wifie- woman
wik- week
wikeyne, wikeyn-
weekend
wikks- weeks
winda, windae, windee-
window
winnert- wondered
winna- will not
wint- went, want
wintin- wanting
wintit- wanting
wir- our
wird- word
wirsels- ourselves
wirsit, wursit- yarn
wis- was
wi's- with us
wisna- was not
withershins- anti
clockwise; against the sun
witherwyes- weather ways
withoot- without
wiz- was
woundit- wounded
wrang- wrong
wrunckled- wrinkled
wun- arrived home;
made through; dried
wupped, wuppit- wound,
covered
wye- way
wyte- wait
wytin- waiting
wytit- waited

Y

yaaval, yavil- second
day's broth
yalla yite- yellowhammer
yammerin- talking loudly
yard- back garden
yark- wrench; drive hard
yarkit- tore at; rugged;
strove hard
ye- you
yella--- yellow
yella yite- yellow
hammer
ye'll- you will
yer- your
yersel- yourself
yestreen- yesterday
yett- gate; cheek of door
ye've- you have
yin- one
yince- once
yirn- curdled milk
yoamin- smoke
yockie- itchy
yoke tee- get started
yokin- preparing horse
for a day's work
yokin time- starting time
yokit- began, started
yon- that; yonder
yowe, yowie- sheep
yowll- howl of a dog; howl
of pain
yule- Christmas.

About Author and Publisher.

Pat Hutchison was born and bred in Macduff. While he would like this part of the book to say that he flew fighter sweeps across the Channel during the War and lived a life of heroic adventure; his life and adventures have been less obviously exciting than that of your average celebrity actor or war hero. But as his stories attest, a life in the North East, surrounded by and infused with Doric culture is its own sort of adventure. Pat is a born storyteller, who writes from the heart and those who take up the challenge of reading these stories delivered in his native tongue will find him and his ancestors in every one.

The Doric is a loose and somewhat contested term today, as it was a century ago. Historically North East dialects, including Doric, have been oral rather than literate and those searching for standardised spellings and definitive grammars will always miss the point of the language. Pat writes as he speaks and it is his voice, quiet yet compelling, that sounds out through these stories. Thanks are due to Marjory Nicholson, a North East quine, for editing the work for consistency and challenging the author to put the stories into as readable and consistent a print version as is possible. Thanks also to Brendan Gisby for publishing some of Pat's stories on the McStorytellers website and bringing them to the attention of Deveron Press, allowing a 'wee voice' to be heard on a global stage.

The Deveron Press was established by James Leatham in 1916 (1865-1945) Leatham himself was a native of the North East and settled in Turriff in that year after a lifetime of travel in the print and publishing business. A century on, in tribute to Leatham and his principles, The Deveron Press was reborn and the Centenary Collection published. It comprises some classic works from the past with Leatham connections. Leatham said 'publishing is an adventure' and in that spirit the new Deveron Press looks forward as well as back. We are happy to publish this first (of many we hope) volume of Pat's stories as the first post-Centenary Collection publishing 'adventure.' We are sure James Leatham would have approved of the stories and the man.

For more information about The Deveron Press and our publications please visit our website:

www.thedeveronpress.scot